『おっぱい揉みたい』
って叫んだら、
妹の友達と付き合う
ことになりました。
2

体型を隠すためのタンクトップにもかかわらず、かえって男たちの想像力をかきたててしまう、小柄な彼女のワガママボディ。男たちの下半身を殺す、歩く戦場兵器。
神《かん》崎《ざき》未《み》仔《こ》
高校１年生。真面目で一途、そして巨乳。理想の彼女

「ナツ君のしたいことは、
全部受け入れたいんだもん」

「はいっ。毎日が幸せ過ぎて、
1日が全然足りないくらい、
幸せなんです♪」

「未仔ちゃん良かったね。
素敵な彼氏ができて」
瀬《せ》下《した》奏《かなで》
高校3年生。中学時代の
未仔ちゃんの先輩。
しっかり者で、草次の彼女

「わ〜……！
すっごく綺麗だね♪」
（君の笑顔のほうが、
めちゃんこ綺麗です……！）

まさに圧巻の一言。
６５００発以上の花火が
夜空に咲き誇り、
海面というキャンバスに
幾度となく満開の花びらが
描き続けられた。
祭りに参加した人々だけでなく、
夜空を見上げる多くの人々とも
夏の思い出を共有できたに違いない。

未仔ちゃん
7/4 日
未仔ちゃん
明日のお弁当のおかず、何かリクエストあるかな？
21：18
21：22
う～～～ん……、
未仔ちゃんの作る料理なら何でも!!!
未仔ちゃん
そんなこと言っちゃうと、
イジワルなお弁当作ってくるかもよ？
21：23
21：23
えっ。例えば!?
未仔ちゃん
秘密で～す♪
21：24
21：24
電話で聞き出してやる!
21：24
(通話時間 0:00:16)
未仔ちゃん
21：25
お風呂中なの知らなくてゴメンね……。
ううん！　直ぐ掛け直すから待っててね(*^-^*)
21：26
お待たせー♪
21：35
(通話時間 1:08:21)
21：35
22：44
あ……。長電話しすぎてイジワルな
お弁当の内容、聞くの忘れてた（笑）

『おっぱい揉みたい』って叫んだら、妹の友達と付き合うことになりました。2

凪木エコ

角川スニーカー文庫

22654

目　次

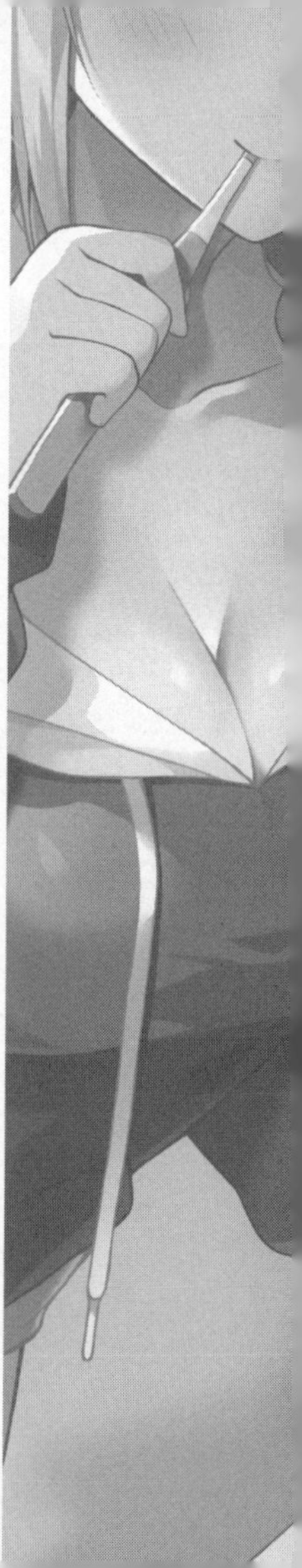

口絵・本文イラスト：白クマシェイク
デザイン：AFTERGLOW

プロローグ：俺たちのイチャイチャは、まだまだこれからだ

梅雨が明け、カラッとした晴れの日が景気良く続く、7月初旬の朝。

今日も今日とて平々凡々な高校生、傘《かさ》井《い》夏彦《なつひこ》は急いでいた。

寝坊して学校に遅刻しそうだとか、自分が日直だったことをすっかり忘れていた、というわけではない。

ただただ、気分が高揚しているだけ。『早く会いたい』という一心が、夏彦の足を速めてしまうし、表情を緩めさせてしまう。心をトキめかしてしまう。

住宅街を抜け、細い小道から大通りへ。

いつもの待ち合わせ場所が見えてくれば、必然的に待ち人である少女も目に入ってくる。

少女の名は神崎《かんざき》未仔《みこ》。

夏彦の彼女だ。

「あっ♪　ナツくーん♪」

未仔も大好きな彼氏を心待ちにしていたのだろう。

夏彦の存在に気付けば、愛嬌《あいきょう》ある笑顔が満開。小柄な背丈をカバーすべく、「私はココ

ですよ」と目一杯に爪先立ってしまう。元気一杯に手を振り続けてしまう。

昨晩もたっぷり電話したにも拘《かかわ》らず、まるで1年ぶりの再会。織姫《おりひめ》と彦星《ひこぼし》さながらに再会を祝わずにはいられない。

ついには、触れ合える距離まで待てないと、夏彦のもとへと未仔が駆け寄ってくる。

勢いそのまま、熱烈な抱擁《ハグ》も添えて。

「ナツ君、おはよう♪」

「おはよう、未仔ちゃん！」

互いに朗らかな挨拶を交わし合えば、一層にイチャイチャ。

「くそー。今日こそ、俺のほうが早く着いたと思ったんだけどなぁ」

「えへへ♪　今日も勝っちゃいました」

「明日こそは、俺が未仔ちゃんを待ってみせるから！　出発を10分早める！」

「ナツ君が10分早めるなら、私も10分早めちゃおっと」

「ええっ!?　だ、だったら俺は、さらに10分！」

「私もさらに10分っ」

「何のこれしき！　さらに10分！」

「じゃあ私も♪」

「ぐぬぬ……！　これ以上、未仔ちゃんが早起きするって言うのなら……、」

「？？？　早起きするって言うのなら？」

「早起きしちゃう子には、お仕置きだ――――っ！」

「きゃ～～～～♪」

お仕置きという名のラブラブ＆コミュニケーション。略してラブニケーション勃発。

夏彦はここぞとばかりに、未仔の柔らか頬《ほ》っぺをプニプニしたり、なだらかな首筋やキュッとした脇腹をツンツンしたり、手入れされた三つ編みが揺れるくらい頭をナデナデしたり。夏彦の顔がデレデレしているのは以下省略。

未仔は未仔で大好きな彼氏からのスキンシップを拒むわけがない。それどころか夏彦の愛情を受け入れるべく、『もっと触って触って』と高密着。小柄な身体《からだ》を目一杯、たわわなマシュマロバストがへしゃげるくらい。チート技。

夫婦喧嘩《げんか》は犬も食わないと言うが、バカップルのイチャイチャも食わない。そう思わせるくらいのイチャつきっぷり。

2人が付き合い始めてから3ヶ月が経過。

もしくは、夏彦が「おっぱい揉《も》みたい」と叫んでから早3ヶ月。

バカップルぶりは健在である。

健在どころか、今も尚《なお》、拍車を掛けているといっても過言ではない。夏彦と未仔の前では、7月の太陽さえ涼しく思えてしまうのだから。

1章：ぱふぱふよ永遠なれ

イチャイチャ登校の終着点は、夏彦《なつひこ》クラスの教室前。

「今日はチキン南蛮にしてみました♪」

未仔《みこ》がいつもどおり、愛情のたっぷり詰まったランチボックスを手渡せば、受け取った夏彦もいつもどおり感謝を告げてしまう。

「いつも美味《おい》しいお弁当を作ってくれてありがとね」

「いえいえ♪　私もナツ君に美味しいって言ってもらえるのが嬉《うれ》しいから」

「み、未仔ちゃん……！」

夏彦は思う。

『何この子。超可愛《かわい》いんですけど』と。

果てしなく抱きしめたい衝動に駆られてしまうが、さすがに知り合いだらけの空間でイチャイチャするようなメンタリティは搭載されておらず。

とはいえだ。夏彦と未仔のラブラブぶりは既に周知の事実である。

教室の出入り口付近、夏彦と未仔の会話を聞いていた男子グループが、

「いいよなぁー。傘井《かさい》には可愛い彼女がいて」

「これが持つ者と持たざる者の違い……」

「いやいやいや。仮に彼女いたとしても、あんなに優しい子はそうそういねーだろ。……彼女いたことないから知んねーけど……」

といった羨望の眼差《まなざ》しを送ったり、ぼやいたり。

2人が付き合い立ての頃は、多くのクラスメイトらが「2人は本当に付き合っているのか？」と疑心状態だった。

しかしだ。常日頃、目の前でラブラブしているのだ。疑う余地などあるわけもなく。

「「俺も可愛い彼女欲しいなぁ」」とジロジロ見つめられてしまえば、未仔の顔もみるみる赤くなってしまう。

「ナ、ナツ君っ。私行きゅねっ！」

噛《か》んだことを訂正する時間さえ惜しいと、小柄な彼女が自分の教室目指してBダッシュ。

未仔の背中が完全に見えなくなってから夏彦は呟《つぶや》く。

「未仔ちゃんは、何であんなに可愛いんだろうか……」

彼女が愛《いと》おしくて堪《たま》らない夏彦《バカレシ》ここにありけり。

未仔の見送り、もしくは癒《いや》されタイムが終了し、夏彦は自分の教室へと足を踏み入れる。

幸せなニッコニコ笑顔で自席へと向かえば、出入り口付近にいたクラスメイトたちは勿《もち》論《ろん》、カーストや性別関係なく、イジられるわイジられるわ。

「チクショー！　朝から見せつけやがって！」

バスケ部のイケイケ男子、塩谷圭《しおやけい》に尻を力強く叩《たた》かれたり、

「青春してて羨ましいなぁ。けど、傘井君はニコニコしすぎ〜」

文武両道女子、久方涼花《ひさかたりょうか》に笑われてしまったり、

「傘井っち一生のお願い！　彼女ちゃんの友達紹介して！」

クラスのムードメーカー、逆瀬大地《さかせだいち》が三つ指ついて乞うてきたり。

クラスの誰もが、夏彦と未仔のアッチッチーな世界観を茶化《ちゃか》さずにはいられない。

多くの者に茶化される夏彦は、デレデレ顔で決まって言うのだ。

「いやぁ〜〜〜♪」

クソしょーもない返答である。

平々凡々、注目される経験に乏しい夏彦故、このような反応で精一杯なのは、お察しのとおり。

頬《ほお》が緩むくらい嬉しかったり、顔が赤らむくらい小っ恥ずかしかったり、「ワダすが、こんなに幸せでいいのでしょうか？」とちょっと心配になってしまったり。様々な感情が

入り混じってしまう。

一番の感情を挙げるとすれば、それは『誇らしい』だろう。自分に関しては絶対の自信を持てない夏彦も、未仔のこととなれば盛大に胸を張れてしまう。

それは未仔も同じことが言えるのだから、似たもの夫婦《カップル》に違いないのだが。

自分の席へと腰掛けた夏彦は、手に抱えていた愛妻弁当をギュッ……、と優しく抱きしめてしまう。

「ああ……。1分前に別れたばかりなのに、もう未仔ちゃんが恋しい……」

もはや未仔中毒者である。

「朝っぱらから、何を弁当箱で盛《さか》っとんねん」

「あん!?」

聞き馴染《なじ》みのありすぎる関西弁に、夏彦が勢いよく振り返る。

さすれば予想通り。ケラケラ笑う少女が目の前に。

名を冴木《さえき》琥珀《こはく》。夏彦の悪友である。

多くのクラスメイトたちが夏彦と未仔のイチャイチャっぷりを羨ましがる中、琥珀だけは全く意に介さず。「恋愛？　何それ美味しいの？」状態。

それもそのはず。華の女子高生な琥珀だが、恋愛に毛ほども興味がないのだ。勿体《もったい》ないといえば勿体ないのかもしれない。琥珀は、誰がどう見ても『美少女』という称号が相応《ふさわ》しいから。

性格を表すかのようなハッキリした目鼻や容姿、明るくカラーリングされた煌《きら》びやかなミディアムヘア、そこらのアイドルにも一切の引けを取らないグラビアボディ。ナンパスポットに琥珀を放り投げたら、チャンピオンロードで待ち構えるポケモントレーナーばりに、「お茶しない？」と声を掛けられるのだろう。

しかし、当の本人は中指を突き立て——、全スルーすること間違いなし。

彼氏を作って放課後デートするくらいなら、お気に入りのスニーカーを手入れしたり、限定コラボのスニーカーがメルカリで売られていないかチェックしたい。

彼氏を作って真夏の海で水着デートするくらいなら、冷房のガンガンに効いた自宅でバトロワゲーのランク上げしたり、新作ホラーゲームで納涼体験がしたい。

何より、彼氏とイチャイチャするくらいなら、悪友《なつひこ》と気兼ね無く、のびのび遊びたいのだ。もしくは弄《いじ》りたいのだ。

以上、恋愛より友情、性格も趣味も男勝りなＪＫこそ冴木琥珀である。

だからこそ、弁当箱に盛っている夏彦に絡むのは至極当然の行動。

当然の行動とはいえ、無機物に発情する変態扱いされているのだから、夏彦としては堪ったもんじゃない。

「口を慎め琥珀っ！　断じて俺は弁当箱に盛っていたわけじゃない！　未仔ちゃんを思い出してウットリしてただけだ！」

「ムリムリムリ。言い方、オブラートに包んでるだけやん。変態が盗んだパンツ頭に被《かぶ》って、想《おも》い馳《は》せてるのと同じやん」

「い、一緒にするなぁ！」

「大丈夫、大丈夫。優しい未仔ちゃんのことやから、ナツの歪《ゆが》んだ性癖も受け入れてくれるやん」

「……。お前の中の俺って一体……」

悲観する夏彦をただただ見つめる琥珀の表情が、いつになく優しい。

あまりの慈愛に満ち溢《あふ》れた表情に、「俺が変態？　いやいやいや、そんなわけがない。………ないよね？」と自問自答サミット開催。

脳内のプロジェクターが起動し、真っ白なスクリーンに映し出されるシーンの数々。

「おっぱい揉みたい」と高台で叫んだり、

妹のズボンを脱がそうとしてパンツまでズラしたり、
未仔の可愛いさに耐え切れず、ベッドで悶絶《もんぜつ》しながら枕を抱きしめたり、
琥珀宅のタンスを開けて、パンティ&ブラを世界ふしぎ発見したり。

極めつけは、
愛する彼女のノーブラおっぱいを、何度も何度も揉《も》み揉《も》み。
ご両親の目の前で。

判定。


「お、俺は変態なのかもしれない……っ！」

YES。賞金15億ベリー級の変態。

卒倒しそうなくらい、冷や汗が滝のように流れる変態王《なつひこ》。

変態王とはいえ、琥珀にとって夏彦は悪友であり親友。

親友の肩に琥珀は、そっと手を置いてくれる。

「琥珀……？」

そして、温かい言葉をかけるのだ。

　必死に笑いを堪えつつ。

「……ぷっ、ククッ……！　変態なのかもじゃなくて、変態なんやで？」

「〜〜〜っ！　慰めろよチクショ――――――――！」

「プ――――――ッ!!!」

　大赤面の変態王と、大爆笑する関西女。

　年頃の男女間のやり取りにしては、あまりにも小学生。

　しかし、性別関係なく馬鹿になれる夏彦と琥珀だからこそ、成し遂げられるやり取りとも言えるだろう。

「特別やで？　そこまで慰めてほしいなら、ぱふぱふで――、「そんな慰めなら要らんわ！　バーカバ〜〜〜カ！」」

　アホがすぎる２人ではあるけども。

　あまりにも無防備。琥珀が自身のボリュームたっぷりな両乳を両手で持ち上げ、夏彦へとぱふぱふ攻撃すべく、乳を押し付けるべく急接近。

「ぱふぱふ〜〜〜♪」

「は、離れろ！　痴女かお前は！」

　弄り上手な琥珀さんが迫れば迫るほど、薄手の半袖シャツから僅かに透けたキャミソール、襟元から覗《のぞ》く谷間が、夏彦を煩悩の世界へと導かんとする。

このまま顔を前へ倒せば、ぱふぱふできてしまう。しかし、愛すべき彼女がいる夏彦は、煩悩に屈するわけにはいかない。

故に叫ぶ。

「これ以上、俺にオッパ――、！　む、胸を近づけるんじゃねー！」

もう手遅れなのかもしれない。

さすがの琥珀も、本気で胸を押し付ける気はない様子。「あー、おもろかった」と、ツヤッツヤな笑顔で元の立ち位置に。

「せやけど、ナツ」

「せやけど、なんだよ」

「アンタはいつまで経《た》っても、エロに対して免疫ができへんなぁ」

「！　……う、うるせー」

仰《おっしゃ》る通り過ぎる故、夏彦はそれ以上言い返すことができず。

些細《ささい》な抵抗として鼻を鳴らすと、コンビニで買っておいたサイダーのキャップを開ける。

そのまま、やけ酒の如《ごと》くボトルを傾ける。

のど越しを味わっているときだった。

「未仔ちゃんには、リアルぱふぱふ、されてるやろうに」

「ブッ……！」

「汚な!?」

夏彦、口の中でサイダーが大暴発。

「ゴホッゴホッ！　ぱ、ぱふぱふぁ……!?」

鼻や気管は炭酸でシュワシュワ。頭の中は、ぱふぱふでいっぱい。

「アアアアアホか！　未仔ちゃんに、そんなやらしいことさせるかぁ！」

「ほんまか〜？」

「ほんまだよ！」

「あんな素直で健気《けなげ》な子やし、ぱふぱふどころか、どんなエッチな願い事も叶《かな》えてくれそうやけど」

「エ、エッチな願い事？」

混乱状態な夏彦のためにと、琥珀が具体例を提示してくれる。

「『一緒に風呂入ろう』って頼んだら、入浴どころか背中も流してくれるやろうし、『コスプレごっこしよう』って頼んだら、バニーガールとかナースになってご奉仕してくれそうやん」

「一緒に風呂………？　コスチュームプレイ………？」

ぽっかり口を開けたままの夏彦は、思わず想像してしまう。

◆◆◆

バスルーム。一足先に湯船へと浸《つ》かる夏彦が、高鳴る心臓、感極まる股間を必死に抑え続けることしばらく。

ついには、未仔が遅れてバスルームへと入ってくる。

言わずもがな。バスタオル1枚だけの未仔に見惚《みと》れてしまう。

気恥ずかしげな様子の未仔は、普段の三つ編みではなく、ヘアゴムで簡易的に縛ったお団子ヘア。とても新鮮で、初々しさすら感じるほど。

その姿だけでも眼福な夏彦だが、目をひん剝《む》いてしまう。

湯船にタオルを浸けるのは、基本ＮＧという銭湯ルールを重んじているらしい。

湯船へと入ってくる未仔が、タオルで前を隠すのを止《や》めたではないか。

一糸纏《まと》わぬ姿になった未仔が、夏彦を背にゆっくり寄りかかってくる。

さすれば、未仔の色白で小さな背中やお尻の感触が、夏彦の全細胞を幸せに。

トドメ。未仔が振り返りつつ、笑顔で言うのだ。

「えへへ……♪　混浴しちゃったね？」

◆　◆　◆

「〰〰〰〰っ！」

夏彦、風呂にも入っていないのに茹《ゆ》でダコ状態。

まだまだ妄想が止《や》められない、止《と》められない。

バニーガール姿の未仔を想像してしまえば、

未仔ウサギが「ぴょーん、ぴょんっ♪」と口ずさみつつ、愛玩動物さながらに己の全身を余すことなくマーキング攻撃してくる。

看護師《ナース》姿の未仔を想像してしまえば、

未仔ナースとのお医者さんプレイ。「傘井さん、お薬の時間です♪　飲み薬なので私が口移ししちゃいますね？」と、未仔が薬代わりに飴玉《あめだま》を咥《くわ》え、大人のマウスｔｏマウスしちゃったり。

ミニスカサンタ姿の未仔を想像してしまえば、

未仔サンタが「ナツ君っ、メリークリスマス！」と笑顔で抱擁《ハグ》。

それだけに留《とど》まらず、羽織っていたマントを唐突に脱いでしまう。

すると驚愕《きょうがく》。生まれたままの姿に、真っ赤なリボンで零《こぼ》れそうな胸やデリケートな部分のみを最低限ラッピングした真の姿へとフォームチェンジ。

そして、か細くも勇気を振り絞りつつ、未仔は告げる。

「私からのプレゼント、受け取ってもらえる……？」

と。


「〜〜〜〜〜〜っ！　な、なんて過激で素敵なメリークリスマスッ……！」

夏彦、幸せすぎて過呼吸寸前。机に突っ伏してノックダウン。

そんな夏彦を間近で見ている琥珀は呟《つぶや》く。

「コイツ……、ガチ勢の変態やん……」

ハッ、と夏彦は我に返る。

気付いたのだ。今の自分は、客観的に見たら変態すぎるし、主観的に見ても変態すぎることに。

机に突っ伏している場合ではないと、勢いよく顔を上げる。

そのまま、未仔未仔フィーバー中の煩悩を取り払うべく、声たかだかに叫ぶ。

「俺は決めてるんだ！」

「はへ？」と琥珀がクエスチョンマーク。

「決めてるって、何を決めてますのん？」

「未仔ちゃんに相応《ふさわ》しい男になるまでは、清い関係でい続けるって！」

琥珀含め、周囲で話を聞いているクラスメイトたちは思う。

「バカップルの♂《オス》が、また意味分からんこと言うてる」と。

夏彦は大真面目だ。


『未仔ちゃんに相応しい男になる』


この言葉こそ、夏彦が絶賛掲げ中のスローガン。

平々凡々な自分を王子様と言ってくれたり、自分のために懸命に尽くしてくれたり、自分を信じておっぱいを揉ませてくれたり。

健気で純真無垢《じゅんしんむく》な彼女に応《こた》えたい。昭和気質《かたぎ》で筋肉バッキバキな未仔父に認めてもらいたい。そう思うのは、彼氏として当然のことだろう。

というわけで、仮に愛妻弁当に盛っていたり、未仔のあられもない姿を妄想してしまったとしても、実際に手を出すまでは絶対してはならない。現に、高校生らしい健全な関係を育み続けてきた。

手を出さないからこそ、妄想が豊かになっているのも否《いな》めないが。

今一度、気を引き締め直し、夏彦は勇ましくも琥珀を見つめる。

『何人《なんぴと》たりとも、このスローガンを笑うことは許さない』という意志を込めて。

「で、何をしてるん？」

「えっ」

琥珀の唐突すぎる質問に、夏彦は首を傾《かし》げてしまう。

「未仔ちゃんに相応しい男になるために、ナッツは具体的に何をしてるん？」

「……」

唐突以上に、実にクリティカルな質問だった。

みぞおちに入った的な？

「え、えっと……。具体的には、良い大学に入るために日々、予習復習を少々……」

「それだけ？」

「他には、その……、生活リズムの改善のため、早寝早起きとストレッチなんかも嗜《たしな》んでたり……。あ、あと！　筋トレも少々かじったり……してます」

「ふ——ん、勉強に生活リズムの改善ねぇ」

「……はい」

　悪友同士の関係から一変。生まれて初めてバイト面接を受けに来たキョロ充と、質疑応答する店長。

「へへへ」と目一杯愛想笑う夏彦に、店長《こはく》はバッサリ言い放つ。

「浅っ。幼児用プールより浅っ」

「う、うるせー！　自分が一番分かってるよチクショウ！」

　面接結果、不採用。

　そう。夏彦自身、「未仔ちゃんに相応しい男になるためには、具体的に何をすればいいのだろう……？」と悩んでいる最中だった。

　スローガンを決めてから2ヶ月弱。何もせず、ただ未仔とイチャイチャしていたわけでは決してない。決してないのだが、芳《かんば》しい施策は特に思い浮かばず。

　浮かばない故、琥珀の指摘どおり、浅すぎワロタな行動しかできずにいた。

「アカンで自分。会見やったら、記者にカメラ投げられてるで」

「うっ……。おっしゃる通りすぎてツラい……」

忍殺《せいばい》完了。琥珀が辛口コメントで夏彦を右肩から左脇腹までバッサリ斬り落とせば、机の上でダウンした死体を尻目に、机横に掛かったカバンをガサゴソ。

今日は水曜日。すなわち、マガジンの日である。

マガジンを回収した琥珀が、「お先ー♪」と自席へ戻ろうとする。

のだが、

「急募！　彼女に相応しい男のなり方！」

「あん⁉」

ゾンビの如し。最後の気力を振り絞り、夏彦が琥珀の腕を鷲摑《わしづか》む。

夏彦必死。必死過ぎて琥珀ドン引き。

「友達が困ってるんだから、一緒に考えてくれたっていいじゃないか！」

「目ぇ怖っ！　むりむりむり！　相応しい男のなり方なんて、か弱いＪＫのウチが分かるわけないやん！」

「大丈夫！　お前は思ってる以上に脳筋のオッサン——、」

「誰が脳筋やねんアホンダラァァァ！」

「ほら、そういうところ！」

オッサンを否定しないあたり、やはり中身はオッサンである。

完全に琥珀は開き直っている。

「ナツよ」

「へ？」

「そこまでウチのこと、脳筋やと思うならなぁ……」

「あ、あの……、琥珀、さん？」

脳筋のオッサンであり、じゃじゃ馬娘でもある琥珀は、夏彦の背後へと回り込む。

さらには、細くしなやかな腕が、夏彦のこめかみ部を一気に固定すると……、
口角を上げてニタリ。

「くらえっ！　これが脳筋プレイや！」

「ぐおっ⁉」

一体どこで習得したのか。プロレスの基本技、頭蓋骨固め《ヘッドロック》発動。

「ふぬぅぅぅ〜〜〜……！」

腕の力を強めれば強めるほど、手繰り寄せれば手繰り寄せるほど、相手の両こめかみにギリギリと激痛が走ってしまう。

というのが、一般的なヘッドロック。

しかし、琥珀のヘッドロックは全く激痛が走らない。

締めようとする力は伝わってくる。にも拘《かかわ》らずノーダメージ。それどころか、力を込められれば込められるほど、ヒーリング効果まで夏彦は感じてしまうほど。

理由は明白。

夏彦の顔面に、琥珀のおっぱいがめり込んでいるから。

これでもかというくらいに。

「こ、琥珀！　ちょ！　ちょっとタイム！　当たってるから！」

「せやろ、せやろ！　腕で圧迫するのがヘッドロックちゅう技や！　めっちゃ痛いやろがい！」

「いやいやいや！　全然痛くないから！」

「何おう！　強がるなら、もっと強くしたるわ！」

「話聞いてくれません!?」

琥珀としてはヘッドロックをかけているつもりなのだが、どこからどう見てもサービスプレイ。まさかの、ぱふぱふ再来。

夏彦は興奮必至？

否。興奮していたのは最初だけ。

（こ、呼吸がっ……！）

　琥珀のモンスターバスト、すなわち、キングスライム×2は、あまりにも凶悪かつ狂暴。琥珀の乳が己の顔面にめり込めばめり込むほど、息が苦しくなってしまう。琥珀の身体から発されるシャボン系の香りが、天国へと誘《いざな》おうとしてくる。

　もはやヘッドロックではなく、パイ四方固め。

「い、息できないから……っ！　お前の胸で溺れふぁｓｄｃｍぁｓｄ〜〜〜!!!」

　夏彦は必死で琥珀の腕をタップし続けるが、琥珀は聞く耳持たず。

　拷問の水責めを彷彿《ほうふつ》とさせる、乳責めである。

　夏彦としては地獄だが、クラスの男子たちは当たり前に羨望と嫉妬の眼差《まなざ》し。童貞を殺す乳に憧れを抱いてしまう。

「ちくしょう！　傘井が羨ましすぎる！」

「冴木さんの胸で死ねるなら、俺は本望だわ……」

「どうしてアイツの周りの女子は、可愛《かわい》くて巨乳な女子ばかりなんだ……！」

「いいぞ冴木さん！　そのまま天国から地獄へ突き落とせ！」

「「地獄！　地獄！　地獄！」」

　などなど。学級崩壊の完成。

「朝から何やってんだか……」

「そ、草次《そうじ》！」「あん？」

ギャースカ騒ぐ2人とは対照的。呆《あき》れたトーンで話しかけるのは、夏彦たちの友人、伊《い》豆見《ずみ》草次。

今しがた登校してきたようで、カバンを肩にかけたままの草次は、挨拶代わりに大きく欠伸《あくび》する。

気だるいのか朝に弱いのか分からないが、かみ殺すことなく、堂々とあくびする姿も1枚の画になるのだから、さすがは学校でも有数のイケメンである。

一瞬の隙に、夏彦がパイ四方固めからスルリと脱出。

「助けて草次！」「あっ！　逃げんなナツ！」

そのまま草次の背中へと夏彦は避難成功。

「あの脳筋のオッサ――、あの関西人が殺そうとしてくる！」

「今の発言で分かったやろ草次。そいつをシバきたい理由が」

「ひいいいい！」

琥珀が威嚇を込めて歯をガチガチすれば、夏彦も負けじと奥歯をガタガタ。

そんな2人に対して、草次は大きくため息をつく。

「俺を巻き込むなよ……」

　ごもっともな意見である。

　興が醒《さ》めたのか。フンッ！　とわざとらしく鼻を鳴らした琥珀は、夏彦の席に座ると、そのままマガジンを読み始める。

　好きな作品から読むタイプ故、専ら最初に目を通すのは目次である。

　巻頭から読む派の夏彦、マガジンだけでなく自分の席まで奪われてしまったものの、命を天秤《てんびん》に掛ければ安い。何よりも、乳で溺死するとすれば未仔の乳で死にたい。

　愛する彼女の胸で死ぬためには、相応《ふさわ》しい男になることが絶対条件。

　頼れるイケメン草次に質疑応答したいところだが、今この話をすれば琥珀神の機嫌を再び損ねる可能性大。そもそも、面倒くさがりな草次が答えてくれる見込みが薄いのも重々分かりきっている。

　要するに、自分で模索していく他、手立てはないのだ。

　世の中、切り替えが大事。

「あっ。そうだ草次」

「ん？」

「今日の放課後って空いてる？」

草次としては、意外な質問だったようだ。

「水曜日の放課後って、未仔ちゃんと一緒に帰る日じゃないのか？」

「そうなんだけどさ。今日の放課後は、琥珀の家でゲームして遊ぶんだよ。勿論《もちろん》、未仔ちゃんと一緒に」

未仔がゲーム。

何ら不思議なことではない。夏彦ＬＯＶＥな未仔なのだから、彼氏と趣味を共有したいのは当然のことだろう。

初の休日デート、未仔宅でゲーム実況動画を観《み》たことがキッカケで、未仔は夏彦とちょくちょくゲームをするようになっていた。

初めのうちは操作もおぼつかず、小さな手でアタフタとコントローラーを動かしたり、キャラの動きにつられて身体が傾いたり。

某ゾンビゲーを一緒にプレイすれば、

「未仔ちゃん！　ゾンビに囲まれたのでサポートお願いします！」

「うんっ！　閃光手榴弾《せんこうしゅりゅうだん》投げるね！」

「あ、熱っ⁉　未仔ちゃん、それ焼夷《しょうい》手榴弾！」

「へっ⁉　ひーん！　ナツ君燃やしちゃったよう！」

と、トドメと火葬を同時にしちゃったり。

某バトロワゲーを一緒にプレイすれば、

「未仔ちゃん！　敵と交戦中なのでサポートお願いします！」

「了解ですっ！　えっと……、相手に照準を合わせたら、思い切ってトリガーを引くんだよね……？　え、えいっ。⁉　や、やった！　初めてダウンとれました♪」

「未仔ちゃん、それ俺！」

「へっ⁉　ひーん！　初めてがナツ君だよう！」

と、一瞬で朗報が悲報に変わってしまったり。

とまぁ、初心者なりの紆《う》余《よ》曲折《きょくせつ》があったが、夏彦指導の下、ひたむきに一生懸命プレイし続けた結果、脱ビギナーにまで昇格したわけである。

夏彦的には、おぼつかないプレイの未仔を隣で眺めるのも至福な時間ではあるのだが。

兎《と》にも角《かく》にも。ビギナーを脱したことから、琥珀宅で色々なゲームを楽しむのが、ここ最近の恒例イベントの1つになっているというわけだ。

さすが生粋のゲーマー。マガジンを読んでいた琥珀も、「お！　その話題ですか」と、意気揚々と顔を上げる。

「せやせや。コイツらバカップルが、いっちょ前に勝負挑んでくるから、毎回返り討ちにしてんねん」

「強く出れるのもコレっきりだ！　今日こそ俺と未仔ちゃんが勝つ！」

「寝言は寝て言わんかい、ボケカスアホ彦」

「腹立つ――っ！　中指立てんなチクショウ！」

「じゃあ、親指を下～♪」と琥珀がケラケラ笑えば、「絶対、負かして泣かす！」と夏彦がメラメラ闘志を燃やす。いつもの光景である。

とはいえ、血を血で洗うような物騒なガチバトルでは勿論ない。町内会主催のゲートボール大会くらい和気あいあいしている恒例イベントといえよう。

何故《なぜ》ならば、琥珀に勝つことはメインの目的ではないから。

夏彦にとって一番の目的は、彼女である未仔と、悪友である琥珀が親交を深めることである。どちらも大切な存在だからこそ、二人に良好な関係を結んでほしいのだ。

草次も例外ではない。

だからこそ、

「というわけで、草次も――、」

「あー。俺はパスな」

「…………」

夏彦は思う。

「せめて、最後まで聞いてくれません……？」

このクールというか素っ気ない感じが、草次という男なわけだが。

草次を今まで何度か遊びに誘ったことがある夏彦だが、どれも結果は失敗続き。

というわけで、今回も一蹴されることを覚悟していた。それでも一縷《いちる》の望みくらいは持っていただけに、やはり残念という気持ちは芽生える。

それは琥珀も同じのようで、

「草次は今日もデートなん？」

「まぁ、そんなとこかな」

「全く！　彼女ばっかし優先してたら、将来出世できへんで！」

「出世云々《うんぬん》は社会人になってから考えるさ。てか、そんなこと言ったら、未仔ちゃん最優先な夏彦のほうがヤバいんじゃね？」

「ああ。ナツは出世とは無縁の人生やからエエねん」

「無縁じゃねーよ!?」

特大ブーメランならぬ特大フリスビー。夏彦の脳天へと直撃すれば、琥珀と草次は大笑い。

むくれる夏彦へと、草次は笑みを残しつつ謝罪する。

「というわけだから悪いな。琥珀退治は俺抜きで頑張ってくれ」

「ウチを妖怪みたいに言うな」と琥珀にツッコませることにも成功した草次は、朝のコミュニケーションは終了と言わんばかり。窓際にある自分の席へと向かってしまう。

離れていく草次の背を眺めつつ、夏彦と琥珀は呟《つぶや》く。

「相変わらずクールだなぁ……」「相変わらずドライな奴《やつ》やなー」

◆　◆　◆

ナツ君とお別れし、自分の教室で1限目の準備をしていると、

「ミイちゃん、おっはー♪」

「あっ♪　にーなちゃん、おはよう♪」

私の親友、傘井新那《にいな》ちゃんが元気一杯に挨拶してくれる。

にーなちゃんは小学生時代からの大切なお友達。そして、ナツ君の妹さんでもある。

ほんわか笑顔が可愛らしく、一緒にいるだけで皆も笑顔になってしまう。本当に魅力たっぷりな女の子です。

「にーなちゃん？」

どうしたんだろう？　にーなちゃんが、まじまじと私の頬《ほ》っぺたを見たり、首すじや耳たぶを見つめてきたり？

ジッ、と唇を見つめられつつ聞かれてしまう。

「大丈夫？　夏兄に朝から変なことされなかった？」

「へっ⁉」

にーなちゃんはマイペースな天然さんでもあります。

どうやら、ナツ君がおはようのキスを強要してこなかったか心配してくれてるみたい。

そんなことを聞かれてしまえば、強引なナツ君を思わず想像してしまう。

朝の待ち合わせ。おはようの挨拶と同時に、ちゅっ、と軽めなキスをされちゃったり、

満員電車。ギュウギュウに込み合った車内で目と目が合った瞬間、そのまま唇を合わせられちゃったり、

学校に到着。各々の教室へ別れる寸前、人気の少ないベランダへと手を引っ張られ、熱い抱擁とキスを同時に交わされちゃったり。

想像が膨らめば膨らむほど、顔も赤くなってしまう。

ちょっと憧れちゃう私は、いけない子なのかな……？

「ミィちゃん？」

「!?」

「強引なナツ君にトキめいちゃってました」なんてこと、恥ずかしすぎて言えません。

「だ、大丈夫っ！　ナツ君に嫌なことなんてされてないよ！」

「ほんと？」

「誓いますっ！」

我ながら酷《ひど》い取り乱し具合。これじゃあ、『嫌な』ことはされてないけど、『変な』ことはされてるって誤解されてもおかしくないよね。

必死さは伝わってくれたみたい。「何かあったら、ちゃんと相談するんだよ？」と、にーなちゃんは優しい言葉を投げかけてくれる。

お咎《とが》めなしな一番の理由は、にーなちゃん自身、ナツ君が他人の嫌がるようなことをする人じゃないのをよく知っているからだろう。

当然だよね。だって、にーなちゃんはナツ君の妹だもん。

「夏兄ね。『今日こそ、未仔ちゃんより先に待ち合わせ場所に行くんだ！』って、張り切って家を出てたんだよ？」

「えへへ……♪　私のほうが先に、待ち合わせ場所に着いちゃってました」

「えっ。ミィちゃんのほうが早かったの？」

「うん♪　今日はナツ君早く来ると思ったから、私も早くお家を出たの」

「え〜。ミィちゃん、夏兄のこと甘やかし過ぎ！」

「そんなことないよ。私も沢山甘えちゃってるから♪」

にーなちゃんが人懐っこい笑顔を浮かべれば、釣られて私も笑顔になってしまう。

今の私は、人生で一番凄《すご》く充実していると思う。

だって、大好きな友達や恋人と毎日過ごすことができてるんだもん。

※　※　※

朝に話していたとおり、放課後は琥珀宅にてゲーム大会を開催。

夏彦、未仔、琥珀の3人がプレイしているゲームは、4人の生存者《サバイバー》と1人の殺人鬼《キラー》に分かれてプレイするサバイバルホラーゲーム。未仔が初めて夏彦と一緒に観た実況動画と同じゲームだ。

生存者となった夏彦と未仔は扉《ゲート》から脱出すべく、殺人鬼と化した琥珀は生存者を抹殺すべく、各々が自身のスマホと睨《にら》めっこし、ゲームの世界へと完全に入り込んでいた。

舞台は薄暗い廃校。

「よし！　修理完了！」

夏彦が操るキャラクターが、最後の発電機の修理を終える。

あとは通電した扉から脱出するだけ。

なのだが――、

「ナツ、見～～～っけ♪」

「ひっ！」

廊下からヌッ、と殺人鬼《こはく》出現。

2メートルはあるであろう筋骨隆々な巨躯《きょく》に、身の丈ほどある大鉈《おおなた》を軽々と握り締めた怪物。何よりも不気味なのは、頭部をすっぽり覆う三角形の兜《かぶと》だろう。

通称、三角様。

琥珀お気に入りのキャラである。

「ひ、ひぃぃぃぃ～～～！　こ、殺される！」

いつまでも教室に残っていれば処《しょ》られる。夏彦は琥珀と反対の出入り口から廊下へと飛び出し、そのまま猛ダッシュ。

「ひゃはははは！　せやせや！　頑張って逃げんかい！」

笑い声を上げつつ、ドSな関西女が弱者《なつひこ》を追いかける。

逃げ惑う最中にも、仲間『だった』生存者が、身体を真っ二つにされて床に転がっていたり、フックに吊《つ》られてピクリとも動かなくなっていたり。夏彦と未仔以外の生存者は既にゲームオーバー。

夏彦もまたリーチが掛かっている状況で、あと1回でもダウンしてしまえば、ほぼほぼ詰みにまで追い込まれていた。

追い込まれているというより、弄ばれているという表現のほうが近いのかもしれない。

それくらい、夏彦たちと琥珀の力量は火を見るより明らか。

夏彦が背後から迫る琥珀を怯《ひる》ませるべく、遮蔽物をぶつけようとするのだが、

「!?　は、外した!?」

「無駄無駄ぁ！　そんな板っぱち、当たるわけないやろボケェ！」

既《すんで》のところで停止して回避されたり、

「はぁ!?　お前どっから湧いてきた!?」

「え？　ウチが発見したバグスポットからやけど」

「当たり前に言うんじゃねえ！」

細身の生存者さえ通れない隙間から、無理矢理《むりやり》出てきたり、

「な、何でこの場所に隠れてるって分かった!?」

「その場所、確かに見えづらいけど、スマホの明るさ設定高めたら透け透けやで」

「新しいステージなのに、どんだけ把握してんだよ！」

「新しいステージ？ アホか。もう5日も前の話やん」

「価値観の違いが怖い！」

情弱な人間は、知識を有す人間に搾取される。

それは学校生活や社会生活だけでなく、ゲームの世界でも御多分に漏れず。

痺《しび》れを切らした夏彦は、思い切って2階の窓から中庭へと飛び降りる。

「そら悪手やわ」

着地間際、一瞬の硬直時間の合間。同じく降りてきた琥珀の強烈な一振りが、夏彦の背中をザックリ。そのまま地面にばったり。

「ぐえっ……！ む、無念……」

「はい♪ ナツお疲れさ〜ん♪」

鼻歌交じりの琥珀がダウンした夏彦を軽々担ぐと、近場にあるフック目指して移動開始。

あとはフックに吊るだけの簡単なお仕事。

「チクショウ……！ 今回こそ脱出できると思ったのに……！」

「本当弱いのう。ウチ、何の能力《パーク》も装備してへんで？」

「お前が強すぎなんだよ！　てか、ゲームは一日30分だろ！　お前どんだけの犠牲払ったらそんなに強くなれんだよ！」

「ノンノンノン。犠牲と思っとるうちは強くなれんで」

「志がプロゲーマーの域……」

ついには処刑場であるフックが目の前に。

「ほれナッ。最期に言い残す言葉はあるか？」

「覚えとけコノヤロウ！　次生まれ変わったときは、絶対脱出してやる！」

「その言葉、さっき死んだときも言っとったな」

ちなみにその前も言っていたのだが、琥珀にとっては詮無き事である。

「ほな、さいなら」

夏彦が地獄へ召される、既《すんで》のところだった。

「隙アリですっ!!!」

「未仔ちゃん!?」

夏彦は驚きを隠せない。

近場のロッカーから未仔が飛び出してきたから。

ロッカーから飛び出した未仔が、夏彦を担ぐ三角様《こはく》へと、とあるアイテムで奇襲攻撃。

そのアイテムは懐中電灯《ライト》。琥珀の顔面目掛けて眩《まばゆ》い光を、目一杯に食らわせれば、

「ナイス未仔ちゃん！」

三角様の嫌がるようなアクションと同時、担がれていた夏彦の足が地面へ着地する。

ダウン状態から負傷状態。すなわち、走って逃げれるように。

「ナツ君、今のウチに！」

「うん！」

未仔のファインプレーに助けられ、奥にある扉目掛けて2人は走り始める。

「ほうほう！　未仔ちゃん、やるやん！　……けどなぁ」

懸命に逃げる2人の背後、琥珀操る三角様の上腕二頭筋がボッコリと膨れ上がる。

次いで、大鉈を力いっぱい地面へと差し込めば、夏彦と未仔の足元が真っ赤な光に包み込まれ……、

「⁉　未仔ちゃん、避《よ》けて！」

「え？」

時すでに遅し。

「ふんぬっ」

琥珀の何とも言えない掛け声と同時。地面から湧き起こる爆《は》ぜるようなエネルギー波が、

2人を容赦なく斬り刻む。

「ぐぉ……！」「きゃ……っ！」

「はい2枚抜きー♪」

ダウンする2人を満足げに見下ろす、三角様もとい琥珀様。

勝ち確故、「ひゃっ、ひゃっ、ひゃっ！」とわざとらしく嗜虐性《しぎゃくせい》たっぷりに大爆笑。さらには、2人の周りをムーンウォークしたり、その場でグルグルと360度回転したり。

煽《あお》りの極み。

「未仔ちゃんは甘々やなぁ。ナツを見捨ててれば、脱出できたかもしれんのに」

ゲームでは時に非情になることも必要不可欠だと、琥珀は未仔を説こうとする。

アドバイスを聞いた未仔は、首をゆっくり縦に振る。

のではなく、

「1人だけで助かっても意味がないんです」

「未仔ちゃん……」「ほう？」

首を振る向きは、縦ではなく横。

今一度、力強く言うのだ。

「ナツ君と一緒じゃなきゃ、ゴールする意味なんてないんです！」

未仔の紛《まが》うことなき言葉を聞いてしまえば、夏彦の涙腺は緩んでしまう。

「う、うわぁぁぁぁ〜〜〜！」

「ナ、ナツ君……？」「キモチ悪っ！」

四肢をもがれ、カサカサ動くゾンビの如く。夏彦が琥珀のもとへと這《は》いつくばりながら大接近。

「俺を吊れ琥珀！　未仔ちゃん！　俺が時間を稼ぐから扉へ行ってくれ！」

「で、でも！　それじゃあナツ君が……」

「この日のために、未仔ちゃんが沢山練習してきたのを俺は知ってるんだ！」

未仔の瞳が見開けば、夏彦は熱く語ってしまう。

「最初はライトを全然当てられなくて、何度もゲームオーバーになったさ。けど諦めなかったんだ！　初めてライトが当たったときの嬉《うれ》しそうな顔だって覚えてる！　頑張ったからこそ、今だって琥珀に奇襲をかけることができたんだ！」

夏彦はありったけの想《おも》いを叫ぶ。

「一緒にゴールができなくても、未仔ちゃんだけは脱出させてあげたいんだ！」

彼氏の想いを未仔はしっかりと受け取る。

受け取ったからこそ、扉を目指すのではなく、夏彦と同じ行動をとるのだろう。

「琥珀さん！　私を吊るしてください！　ナツ君は見逃してください！」

「未仔ちゃん……」

「ナツ君、この日のために沢山練習付き合ってくれたんです。今みたいに沢山庇《かば》ってくれて、一緒に脱出したときはハイタッチしてくれたんです！」

　未仔が語れば語るほど、夏彦もまた、未仔とのかけがえのない訓練の日々をさらに思い返してしまう。

「ナツ君が助かるのなら私はどうなっても構いません！　煮るなり焼くなり好きにしてください！」

　死ぬ間際でさえ、恋人を思い合って互いを庇い合う。

「琥珀！　俺を吊るしてくれ！」

「琥珀さん！　私を吊ってください！」

　とても尊い光景を見た琥珀は、何を思うのだろうか。

「いやいや。２人とも処刑するに決まってるやん」

「「…………」」

　琥珀、特に響かず。

「そんじゃあ、ナツから逝っとこか」

「え!?　あ、あの……、ちょっと待――――」、
有無を言わさず、琥珀が『処刑執行』のボタンをタップ。

「え……ああ……」

這いつくばる夏彦の視界いっぱいに広がるのは、三角様が大鉈を振り上げる姿。

夏彦の脳裏に浮かぶ言葉。

『死』

気分は爆発寸前のクリリン。もしくは、食われる寸前のエレン母。

「逃げて――――！　未仔ちゃ――――ん!!!　いぎゃ……！」

グシャ……。

トマトでも叩《たた》き潰《つぶ》されたかのよう。真っ赤な血液が飛び散ると、夏彦はグロ彦に早変わり。夏彦絶命。

「ナツ君……？　ナツ君――――ッ！」

怯《おび》える未仔に、琥珀はニッコリ。

「はい♪　未仔ちゃんはフックに吊るしましょうね～♪」

「い、いや――――っ！」

ひょいっと担がれた未仔は、そのままフックに掛けられてしまう。

掛けられてしまえば最期。処刑場《フック》に現れた悪魔が、未仔を瞬く間に地獄へと誘う。

夏彦と未仔、仲良く死亡。

本日5回目の死亡である。

リザルト画面には、『貴方《あなた》は殺人鬼に処刑されました』という物騒な文字が。

「また負けた……」「完敗です……」

「はい、ウチの5連勝ー♪」

スマホから目を離せば、ホクホク顔の琥珀が胸高々にお出迎え。

「いやはや。余裕過ぎてヘソで伊右衛門《いえもん》沸いてまうわ」

「腹立つ！　せめて茶を沸かすって言えよ！」

「んん？　そーいえば、『今日こそウチに勝つ』とか息巻いてた奴《やつ》、おらんかったっけ？」

「ウッ……！」

夏彦、朝に宣言した言葉を思い出し、喉元がキュッと苦しくなる。

痛いところを突かれるという表現がピッタリ。琥珀的に言えば、痛いところを陽華突《ようかとつ》。

「はてさて♪　息巻いてた奴は、どこのどいつやったカナー？」

関西女のドSっぷりに、夏彦が抗《あらが》うことができるわけもなく。

「……俺、……です」

「あっ。ナツが言ってたんか〜！　『強く出れるのもコレっきりだ！』とかも、ドヤ顔で言ってた気がするわぁ〜」

「グヌッ……！」

「なぁナツ〜、コレっきりって、何時《いっ》っきり〜？」

「きょ、今日のつもりでした……」

「あっ！　今日の話やったん？　ごめんなぁ〜。あまりに弱すぎて、3年計画くらいの話かとてっきり〜♪」

「グヌヌヌッ……！」

「おお〜、顔が怖い怖い。リラックスして戦わんと、勝てる試合も勝てへんよ？」

「ほれ、ナツ。笑顔、笑顔♪」と琥珀がお手本のようにニッコリ笑顔を提示。

間違ったことは言われていないからこそ、夏彦は忸怩《じくじ》たる思いで口角を無理矢理《むりやり》にアップさせる。

「え、笑顔……！　ハ、ハハハハ……！」

「そうそう！　ええ感じ、ええ感じ♪」

精一杯、作り笑顔を浮かべる夏彦に、琥珀はグッジョブと親指を突き立てる。

そして、ニッコリ笑顔のまま言うのだ。

「まぁ、リラックスしたところで、負ける試合には勝てへんのやけども。プププッ！」

「〜〜〜っ！　チクショ――ッ！　俺の笑顔を返せコノ野郎〜〜〜〜！」

「プ――――――ッ!!!」

夏彦がプッツンすれば、「よっ！　そのリアクション、待ってました！」と琥珀も手を叩いて大爆笑。ドＳの極み。

「は〜〜〜っ……、笑い過ぎて、めっちゃ涙出たぁ……。これやからナツ弄《いじ》りは止められへんねんなぁ」

「クソ……！　俺と未仔ちゃんが勝ったときは、マジで覚えとけよ……！」

お前の空想は聞き飽きたと言わんばかり。立て膝ついた琥珀は、グラスに入ったコーラをグイッと飲み干す。「こいつが飲んでるの、コーラじゃなくて黒ビールじゃね？」というくらい見事な飲みっぷり。

「ぷはぁ〜♪　勝利の美コーラは格別やわぁ〜♪」

「美酒な」

タンクトップ＆ショーパン、露出度ＭＡＸな部屋着も相まって、休日をダラリと過ごすＯＬ感がすごい。もしくは休日のオッサン。

琥珀本人としてはＯＬでもオッサンでもない。

「ほれナツ。勝者のウチに、さっさとコーラを注《つ》ぎ足さんかい」

気分は勝利に酔いしれる王様。

王の命令は絶対。敗者の夏彦はファミリーサイズのペットボトルを持ち上げると、琥珀の空いたグラスへとコーラをゆっくり注いでいく。悔しい気持ちを堪えつつ。

注がれたコーラを1口飲んだ琥珀は、「カッカッカッ！　愉悦、愉悦！」とすっかり王様モード。

王様モードだからだろうか？

はたまた、下僕《なつひこ》を肴《さかな》にして飲むコーラは、然程《さほど》美味《おい》しくないからだろうか？

「未仔ちゃん、未仔ちゃん」

「は、はいっ」

「近《ちこ》う寄れ」

ニタリと笑う琥珀が、未仔を手招きする。

言われるがまま。胡坐《あぐら》をかく琥珀が隣に置いたクッションをポンポン叩けば、未仔はそのクッションへと、ちょこんと腰を下ろす。

「そんな緊張しなくてええや～ん。リラックス、リラックス」

「はいっ……！」

目の前で愛する彼氏がサンドバッグにされていたのを見ていただけに、未仔の肩に力が入ってしまうのは当然のことなのだろう。

そんな強張《こわば》る未仔の肩に手を置く琥珀の姿は、王様というよりキャバクラに来る質《たち》の悪いオッサン客。イタズラする気満々。

「ホンマにゲーム上手《うま》なったな～。ライト当てられたときはビックリしたわ」

「あ、ありがとうございます」

「ウチがレクチャーすれば、未仔ちゃんもっと上手なるで？」

「ひゃ……！」

未仔が小さな声を上げるのも無理はない。セクハラ親父《おやじ》と化した琥珀が、制服スカートの上から未仔の太ももをお触りしたから。

「手取り足取り、ねっぷりどっぷり。な？」

「ご、ごめんなさい！　私にはナツ君がいますので……」

「えー。ウチのほうがもっと上手く教えられるのに～」

「えっと……、上手くとかじゃなくてですね？　ナツ君に手取り足取り、ねっぷりどっぷり教えてもらいたいんです……」

一連の会話を聞いていた夏彦は、

「未仔ちゃん……！」

未仔の健気さに心打たれてしまう。ちょっとエロい言い回しになっちゃっているところも愛《いと》おしくて仕方がない。

今すぐ抱きしめたい衝動に駆られてしまうのだが、

「ひゃあああ〜！　健気で可愛《かわい》い！」

「琥珀さんっ……⁉」「琥珀⁉」

未仔を抱きしめるのは、夏彦ではなく琥珀。

まるでテディベアに頰《ほお》ずりする少女のような。琥珀は未仔を手繰り寄せると、頰と頰を重ね合わせてしまう。

夏彦としては意外だった。男勝りだと思っていた琥珀が、同性である未仔をここまで愛おしそうに抱きしめたことが。

「いや〜♪　悪いオッチャンがマルチーズとかチワワ飼う気持ちめっちゃ分かるわ〜♪」

「お前は悪いオッチャンで良いのか……？」

夏彦のボヤキも気にすることなく、琥珀は未仔を可愛がり続ける。

「くすぐったいですよう」

「ほんと、仔猫《こねこ》みたいな子やなぁ。にゃ〜んって言ってみ？　にゃ〜んって」

「にゃ、にゃ〜〜〜ん……」

「たっはぁ〜〜〜♪　ウチで飼いたい！　いいや！　飼う！」

すっかりデレ顔な琥珀は、未仔の喉元をコショコショとくすぐったり、さらさらな髪を愛撫《あいぶ》したり。

未仔としては密着されて恥ずかしいのだろう。

けれど、それ以上に可愛がられて嬉《うれ》しいのだろう。

「……えへへ♪」

照れ気味にも琥珀の愛情を受け入れ続けている。

夏彦だって同じ気持ちになってしまう。琥珀の愛《め》でっぷりに一時は焦ってしまったものの、とても微笑《ほほえ》ましい光景だと気付いてしまえば、自身の表情も思わず緩む。

ゲームに負けたことは悔しいが、２人の距離が日々近づいていることが素直に喜ばしい。

もはや、仲の良い先輩後輩や姉妹とさえ思われるレベルである。

とはいえだ。

素直に喜び『すぎた』のかもしれない。

「にしても、未仔ちゃんは小柄やのに、おっぱい大きいなぁ」

夏彦と未仔は、すっかり忘れていた。

今の琥珀が、勝利に酔いしれるオッサン『でも』あることを。

「へっ!?」「こここ琥珀っ!?」

咄嗟《とっさ》の出来事だった。

未仔のたわわでボリューミーな胸を、琥珀が欲望の赴くままに鷲摑《わしづか》んだのは。

そのまま琥珀は、未仔の大きな膨らみを1回、2回、3回とモミモミモミ……。

「んっ……んっ……ひぅっ……！」

「ひゃあああ～～！　制服とかブラ越しでも柔らかいの伝わるわぁ～！」

揉《も》めば揉むほど、未仔がビクンッ、ビクンッと脈打ってしまう。

一方その頃、夏彦。

「……っ!!!」

あまりの世界百景にフリーズ状態。いくら彼女の乳を揉んだことのある身とはいえ、揉みしだかれている光景は光景で、あまりにも刺激が強すぎる。

未仔が恥ずかしいのは言うまでもない。

「ナツ君……、見ちゃやぁ……！」

「!!!　ご、ごごごごごめん！」

彼女の弱々しく懇願するような声に、夏彦はようやく目が覚める。

事態は一刻の猶予もないと、残念な悪友へと吠《ほ》える。

「このセクハラ魔人がぁ！　今すぐおっぱ——、胸から手を離せ！　未仔ちゃんへのセクハラは俺が許さんぞ！」

「ほうほうほう」

「な、何だよ？」

「今さっきまでドサクサに紛れて、未仔ちゃんのおっぱいガン見しとった奴《やつ》がそれを言いますか」

「！！！？？？　ば、ばばばば馬鹿言うな！　お前がアホなことするから見惚《みと》れちゃった——、うわぁぁぁぁぁ〜〜〜！」

「その様子やと、ナツが未仔ちゃんにぱふぱふされる日は、まだ先やなぁ」

「〜〜〜〜っ！　ほっとけ！」

セクハラ魔人ＶＳ童貞男。

勝者、セクハラ魔人。

夏彦が悪友の性格を知り尽くしているのなら、琥珀もまた悪友の性格を知り尽くしているわけで。

※　※　※

その後も、夏彦と未仔は、何度リゼロしたか分からないくらい琥珀にコテンパンにされてしまう。

すっかり日も暮れ、２人して手を繋《つな》いで帰る道中。

「未仔ちゃん、今日は色々ゴメンね」

ゲームで惨敗してしまったこと、悪友のセクハラから守るのが遅れてしまったこと、おっぱいをガン見してしまったことなど。

〝色々〟と引っくるめず、１つ１つ謝るべきなのだろうが、「おっぱいガン見してすいませんでした」などと謝れる鋼のメンタルは持ち合わせておらず。

夏彦にとっては反省の多い１日だったが、未仔としてはどうだろうか。

「ううんっ。今日も楽しかったよ？」

彼氏ＬＯＶＥな未仔が怒っているわけがない。むしろ、琥珀宅でのゲーム大会を思い出し、ニコニコしたりクスクスしたり。

「今日は惜しかったなぁ。琥珀さんにライトを当てられたときは、初めてナツ君と脱出できると思ったの。けど、あっという間にひっくり返されちゃった」

未仔の癒《いや》され笑顔を見てしまえば、彼氏である自分に気を遣っているからではなく、本心から「楽しかった」と言ってくれていることくらい容易に分かる。

分かるからこそ、1人で悲しい反省をするのではなく、2人で楽しい反省をすべきだと気付いてしまう。

笑顔いっぱいの彼女に、夏彦も笑顔いっぱいで話さずにはいられない。

「めちゃくちゃ惜しかったよね！　俺さ。未仔ちゃんのライト攻撃が成功した瞬間、嬉しすぎてハイタッチ求めそうになっちゃったよ！」

「ナツ君も？」

「えっ。『も』ってことは、もしかして未仔ちゃんも？」

「えへへ……♪　2人ともダメダメだね？」

照れつつも短く舌を出す未仔を見てしまえば、ダメダメプレイのはずが、神プレイに早変わり。

元から神プレイだったのだろう。ゲームは楽しんだもん勝ちなのだから。

「ダメダメなんてとんでもない！　練習の成果がバッチリ出てたし、むしろ、今日のハイライトだよ！」

「ほんと？　でも、ハイライトは琥珀さんが私たちのこと一気に倒したあのシーンじゃないかな？」

「いやいやいや！　絶対未仔ちゃん！　俺の独断と偏見で未仔ちゃん！」

「えーっ！　ナツ君、私のこと甘やかしすぎだよ！」

「未仔ちゃん、特大ブーメランが刺さってるよ？」

「!!!」

大いに自覚があるらしい。夏彦の言葉に対し、未仔は大きくてまんまるな瞳を一層大きなものに。

八つ当たり？

否《いな》。甘える理由が欲しかっただけ。

「意地悪なナツ君には、お仕置きですっ♪」

ニッコニコな朗らか笑顔な未仔が、『特大ブーメラン上等』と言わんばかりに夏彦を力いっぱい横から抱きしめる。

思いもよらぬハグ攻撃。けれど、熱烈大歓迎なハグ攻撃。

小柄な彼女が余すことなく身体を預けてくれれば、「これはお仕置きじゃなくて、ご褒美なのでは……？」と夏彦は思わざるを得ない。

同時に、負けてはいられないとバカレシぶりを披露。

「何おう！　頑張った未仔ちゃんには、ご褒美だ！」

「きゃ〜〜〜♪」

甘えん坊な未仔の頭を、これでもかというくらい優しく愛情たっぷりに撫《な》で続ける。

6回、7回と撫でれば撫でるほど、未仔猫が表情も一層に蕩《とろ》けていく。

夏彦の身体へと、自身の柔らか頬《ほ》っぺを何度も擦り寄せて、ごろにゃんごろにゃん。

「ナツ君、暑苦しくてゴメンね？」

「いやいやいや。どんなに暑い日でも、未仔ちゃんなら大歓迎だよ」

「そんなに甘やかしちゃったら、私、夏休みはずっとくっついちゃうよ」

「俺的には、夏休みと言わず四六時中このままでいたい！」

「えへへ……♪　お言葉に甘えちゃおっと♪」

より一層密着してくるのだから、甘えん坊ぶりは底知らずである。

夕焼け空の下、笑顔を咲き誇らせる未仔は、何やら確信を得たらしい。

「えへへ……♪　やっぱり違うなぁ」

「？？？　未仔ちゃん、何が違うの？」

「あのね。ナツ君と琥珀さんで、撫で方とか抱きしめ方とかが全然違うんだなって」

「琥珀と？」

首を傾《かし》げる夏彦へ、未仔は言葉を続ける。

「ナツ君が私にスキンシップしてくれるときは繊細で優しいの。だからね？　私を傷付けないように接してくれてるのが、すごく分かっちゃうの」

「！　……そ、そう？」

「うん♪」

見透かされているというか、感じ取ってくれてるというか。夏彦としては照れずにはいられない。

絶対に有り得ないのだが、「ナツ君のスキンシップは、私を性欲の捌《は》け口に使っているのが丸分かりでエグいです」などとでも言われたら、立ち直れる自信が無かっただけに一安心である。

彼女に褒められ、しばらくは浮ついていたい夏彦だが、やはり聞いておきたい情報が1つある。

そう、悪友について。

「琥珀のスキンシップはどんな感じなの？」

「琥珀さんはね。大胆で激しい、かな」

それだけでは、ただただガサツな人。

しかし、琥珀はガサツな人ではないんだと、ニッコリ笑顔で未仔は教えてくれる。

「豪快だからこそ、全力で私のことを可愛《かわい》がってくれてるのがすっごく伝わってくるの」

「大胆で激しくて、全力……。アハハッ！　確かに琥珀っぽい！」

夏彦が吹き出せば、未仔も「だよね♪」と喜びを分かち合う。

琥珀が未仔へとスキンシップしている光景を夏彦は思い返してしまう。

彼氏である自分が嫉妬してしまうくらい未仔を激しく抱きしめ、これでもかというくらい未仔の全身を撫で繰り回す。

「未仔ちゃんにセクハラしすぎ。通報したろか」と考えていただけに、通報しないで良かったと心底思ってしまう。同時に、自分だけでなく親友のことも彼女が理解してくれていることが、夏彦としては嬉《うれ》しくて堪《たま》らない。

とはいえ、悪友のセクハラ攻撃を羨ま怪《け》しからんと思う気持ちも変わらないのだが。

邪《よこしま》な気持ちが、駄々洩《だだも》れしすぎたのかもしれない。

「私、ナツ君にだったら琥珀さんみたいに、激しくされても大丈夫だからね？」

「ふぁ⁉」

未仔は超能力者？　はたまた、夏彦のことは全てお見通し？

「私を大事にしてくれるのも嬉しいけど、私としてはナツ君が満足してくれるほうが嬉しいから」

「未仔ちゃん……」

未仔の大きくも澄んだ瞳と目が合ってしまえば、『嘘《うそ》や冗談で言っているわけではない、本気ですよ』というメッセージがはっきり伝わってくる。

未仔自身、自分でも少し攻めた発言をしていることは重々承知。けれど、大好きな彼氏の期待に応えたい気持ちのほうが大いに勝っている。

勝っているからこそ、

「あ、あのねっ？」

「うん？」

未仔が周囲の視線をキョロキョロと確認し始める。

近くに人がいないことを確認し終えれば、夏彦にこっそり伝えたいことがあるのだと精一杯背伸びする。

そして、爪先立った未仔が夏彦の耳元でコショコショと囁《ささや》く。

「えっと……。ぱふぱふ？　っていうことも、したかったらいいんだよ？」

「ぱ、ぱふ……っ!?」

未仔の口から発せられる糖度たっぷりの爆弾が、夏彦の鼓膜で大爆発。

夏彦は予想だにしていなかった。

彼女の口から『ぱふぱふ』が聞ける日が来ることを。

背伸びを終えた未仔の顔を、夏彦は思わずガン見してしまう。

自分に負けないくらい顔は赤く、両手や内ももをモジモジさせたり、手入れの行き届いた三つ編みをイジイジしたり。

やはり本気なのだろう。緊張や照れの感情に支配されているのが十二分に伝わってくるのだから。

（…………。……ぱふぱふしていい……、だと……？）

あまりの衝撃発言に、ド庶民な夏彦も死神代行になってしまう。

邪な妄想も頭に思い浮かんでしまう。

◆◆◆

舞台は某ＲＰＧ、ドラゴンなクエストの世界。

勇者である夏彦は、戦いで傷ついた身体を癒すべく、町にある宿屋へと足を運ぶ。

宿主から鍵を受け取り、自分の部屋でゆっくりしようと考えていると、１人の町娘に声を掛けられる。

「勇者様、勇者様っ。疲れた身体を私に癒させてください」

町一番の可愛い娘、未仔だ。

「えっ。マッサージでもしてくれるの？」

「ぱふぱふです」

「ぱふぱふ？」

「元気いっぱいになる魔法です♪」

町娘な少女が魔法を使えるわけがない。となれば、まじないやサービスの類なのだろう。

どんなサービスか分からないが、可愛い町娘が癒してくれると言っている。

断る道理など何一つない。

「じゃあ、そのぱふぱふをお願いしてもいいかな？」

「はいっ♪」

サービスしてくれる側にも拘《かかわ》らず、未仔は人懐っこい笑顔で快諾。

そして、夏彦の手を握り締める。

「じゃあ行きましょうか」

「？　ここでしてくれるんじゃないの？」

「……勇者様以外の殿方には、見られたら恥ずかしいので……」

「み、見られたくない？　……恥ずかしい？」

余程見られたくないし、恥ずかしいことなのか。顔を赤らめる未仔は小さく頷《うなず》く。

軽いサービスだと考えていた夏彦も、「ひょっとして……、ものごっついサービスなのでは……？」と生唾を飲み込んでしまう。

「勇者様、早く行きましょう。ね？」

「う、うん」

手を握られ、誘導されるがまま。未仔に連れて行かれた先は、二階にあるベッドルーム。

しかし、普通のベッドルームではない。

「こ、この部屋は……！」

淫靡《いんび》。

その表現がピッタリな部屋だった。

ピンクの間接照明が真っ白なベッドシーツをやらしく照らし、甘ったるいアロマな香りが部屋一帯を包み込む。どこからか聞こえてくる異国テイストなＢＧＭは、落ち着かせたいようで奮い立たせるような。寝るとか休憩の意味が異なるような。

夏彦は唖然《あぜん》と立ち尽くしつつ思う。

『俺のチェックインした宿屋って、………ラブホじゃね？』と。

「勇者様、こっちこっち」

「はひっ……！」

ベッドへと腰掛ける未仔に手招きされ、ド緊張状態となった夏彦も隣へと腰下ろす。傍《はた》から見れば、性的サービス店、初来店の男。

夏彦の頭の中は、「ぱふぱふって何ぞや⁉」でいっぱい。

目前の可愛らしい町娘が、あんな事やそんな事を……？　もしかして、大胆にも○○とか××とか？　○◇△×□とか⁉　などなど。

勇者とはいえ童貞。このまま30歳を超えると、魔法使いにジョブチェンジしてしまう存在なだけに、いっちょ前に妄想力には富んでいる。

しかし、期待するだけ悲しくなることも重々理解している。

世の中そんなに甘くないからこそ、「ないないないない。自分の考えているような美味《おい》しい展開は起こるわけないないないない……」と身構えるスタンスを選択してしまう。そっちのほうが精神的ダメージもずっと少なくて済むから。

気を引き締めるべく、夏彦は大きく深呼吸を一回、二回。

自分に言い聞かせる。『今の俺は、勇者ではなく賢者なのだ』と。

そんな賢者モードの夏彦に、未仔は愛嬌《あいきょう》たっぷりに話しかける。

「すぐ準備しちゃいますね」

「？？？　準備？　準備って何――!?　まままま町の娘さん!?」

夏彦、賢者モード瞬殺。

それもそのはず。

自身の背中へと手を伸ばした未仔が、外したから。

ブラジャーを。

「まままま町の娘さん!?」

最初は背中に手を回したなとか、背中がかゆいのかな？　くらいの感想だった。

しかし、次の動作を見てしまえば、くだらない感想は呆気《あっけ》なく吹き飛ぶ。

未仔が身に纏《まと》うワンピースより内側、自身の胸元へと手を差し込んだのだ。

肩周りや胸周りをまさぐり、えっちらほっちらとモゾモゾ。

数秒後、「上手に脱げました♪」と言わんばかりの笑顔で、今一度右手を外に出す。

すると、あら不思議。可愛い町娘の右手には、脱ぎたてほやほやのブラジャーがご尊顔したではありませんか。

童貞にはナニコレ珍百景。ただただ、穴が空くほどに光り輝くブラを一点ガン見。

小柄な少女にしてはとても大きく、シンプルイズベストな白色無地。

シンプルこそ至高。

様々な料理を食してきたグルメ家が、ごはんと味噌汁《みそしる》に戻ってくるように。

オシャンティな服好きが、Ｔシャツとジーンズに落ち着くように。

オンリーワンを目指すポケモンマスターが、結局はドラパルトやエースバーンを使っちゃうように。

繰り返す。シンプルこそ至高なのだ。

「えいっ」

「!!!　む、娘さん⁉」

追い打ち。混乱《メダパニ》する夏彦を、未仔が大胆にも抱きしめる。

ただの抱擁ではない。

「勇者様大丈夫？　苦しくない？」

「う、うん……！」

夏彦の顔面が、これでもかというくらいに未仔のたわわな生乳《なまちち》にめり込むめり込む。鼻っ柱など、彼女の谷間へと完全に挿入されてしまっている。

苦しくない？

「苦しいどころか、最高です……」

反射でセクハラ発言する勇者だが、町娘はドン引きしない。それどころか、最高と褒めてくれたことがただただ嬉《うれ》しい。

だからこそ、

「それでは、ぱふぱふしていきますね？」

「!!!」

謎に包まれていた『ぱふぱふ』がついには始まってしまう。

夏彦の想像以上だった。

「ぱふぱふ、ぱふぱふ……」

（こ、これが……ぱふぱふ……！）

宇宙の真理に気付いてしまったような衝撃。

未仔が掬《すく》い上げるかのように持ち上げた両乳が、埋もれた夏彦の顔面をこれでもかというくらい、もてなし続ける。

「ぱふぱふ、ぱふぱふ……。元気になーれ、元気になーれ」

上下左右、未仔の豊満なおっぱいがへしゃげたり戻ったり、へしゃげたり戻ったり。

繰り返せば繰り返すほど、まるで馴染むかのようにパイにサンドされた夏彦も、加速度的に元気が満たされていく。

動かしても動かしても、保水力たっぷり、たゆんたゆんでプルンプルンなおっぱいは、オーダーメイドのように夏彦フェイスにぴったりとフィットし続ける。

特盛やメガ盛どころか、ギガを飛び越えたテラ盛。

「ぱふぱふ、ぱふぱふ……。んっしょ、よいしょ……」

(脳が……、表情筋が……。全身が蕩《とろ》ける……!!!)

ゆっくり回すように、時にはギュウウウウウと力を込めたり。

「ぱふぱふ、ぱふぱふ……。ふふっ♪　勇者様、赤ちゃんみたい♪」

(バブみの極み……!!!)

ボディソープ?　フレグランス?　フェロモン?

未仔から香る、ミルクや花蜜のような甘い香りが神経を麻痺《まひ》させていく。

どれくらい、幸せで濃密な時間が続いたのだろうか。

至福なぱふぱふタイムが終了。未仔の胸から夏彦の顔面が離れてしまう。

とろろんと、未《いま》だに夢見心地な夏彦へと未仔は尋ねる。

「勇者様、元気になりましたか？」

「は、はい……。元気いっぱいになりすぎました……。ご馳走様《ちそうさま》でした……」

「いえいえ♪　お粗末さまでした♪」

サービスした側にも拘らず、ぱふぱふ後も未仔は神対応。

おっぱいだけでなく、優しさにも触れた夏彦はようやく我に返る。

そして、１つの疑問が湧き起こる。

「あ、あのっ！」

「？　どうかなされましたか？」

「えっとさ……。何で俺なんかのために、こんな素晴らしい魔法を掛けてくれたの？」

いくら勇者とはいえ、見ず知らずの他人。にも拘らず、未仔は献身的にも無償の愛で尽くしてくれた。

未仔は即答だった。

「決まってるじゃないですか。勇者様は世界を平和にするため、私たちのために頑張ってくれてるからですよ」

目を見開く夏彦に、未仔は晴々とした笑顔で教えてくれる。

「だから、少しでも勇者様にご褒美をプレゼントしたかったんです」

あまりに健気すぎる未仔の答えに、涙さえ出そうになる夏彦。

けれど、泣くわけにはいかない。今さっき幸せになる魔法を掛けてもらったばかりなのだから。

町娘《みこ》に負けじと、勇者《なつひこ》も目一杯の笑顔になる。

「ありがとう！　君の魔法のおかげで体力が全回復しちゃったよ！」

「えへへ……♪　お世辞でも褒めてもらえて光栄です♪」

「いやいや！　お世辞なんてとんでもない！　最高のぱふぱふだったよ！」

夏彦が必死になればなるほど、未仔の笑顔もさらに笑顔になる。

「私で良ければ、何時《いつ》でもぱふぱふしますっ。だから、この町でゆっくりしていってくださいね」

「あははは……。参ったなぁ。そんなこと言われちゃったら、この町から出れなくなっちゃうよ」

勇者としてオワコンな発言も、未仔にとっては喜ばしい発言。

だからこそ、未仔はモジモジと手をいじりつつ、夏彦へとゆっくりと距離を詰める。

そのまま耳元でコショコショと囁《ささや》く。

「世界が平和になってからも、勇者様にならぱふぱふしますよ？」

「!!!」

幼馴染《ビアンカ》？　お嬢様《フローラ》？

否《いや》。嫁は町娘《みこ》一択。

この子のためにも、己のためにも一刻も早く魔王を倒そう。何なら今日シバいちゃおう。

そう決心してしまうくらい、未仔のぱふぱふは魅力たっぷり。

HPもMPも全回復した夏彦は、冒険に出発すべく立ち上がろうとする。

「……」

しかし、ベッドから立ち上がれない。

否、立ち上がってはいる。

下半身だけは。

そう。元気いっぱいになりすぎて、勇者様の下半身《エクスカリバー》が天高く、そそり立ってしまう。

「？　どうしたのですか、勇者様――、……あ……！」

ついには、未仔にも股にぶら下がった聖剣に気付かれてしまう。

町娘は初心《うぶ》なのだろう。初めて見る聖剣は刺激が強すぎるようで、両手で口を押さえて赤面状態。

「ご、ごごごごごごめん！　あまりにぱふぱふが気持ち良くて！」

勇者ではなく、ド変態のソレ。

己の股間に掛かった硬質変化《アストロン》の呪いを一刻も早く解きたい。夏彦はインテラやシャナクの呪文の詠唱を試みるが変化なし。己の股間に効くわけもなく。

「くっ……！　かくなる上はギガスラッシュで斬り落とすしか――、」

「勇者様」

「へ？」

「これをどうぞ」

彼女は何やら小さな宝箱を手に持っており、夏彦へと差し出す。

この世界では、無断で人様の壺《つぼ》を叩《たた》き壊《こわ》したり、宝箱を勝手に開けてもいい。

藁《わら》にも縋《すが》る思い。夏彦は「低いところから失礼します」と、腰を引き気味に宝箱を開く。

目も見開く。

「こ、これは……！」

宝箱に入っているアイテムは、賢者の石？　貞操帯？

否。

その正体は、聖剣の鞘《さや》。

鞘が入った包装パッケージには、『めちゃ薄』だの『０・０１ミリ』だの『お互いの温《ぬく》もりが伝わる』だの。刺激的な言葉が多数ラインアップ。

ＹＥＳ。コンドーさん。

「!?!?!?!?」

思わぬところで最強アイテム、避妊具をＧＥＴした夏彦は、当たり前に顔や全身が沸騰寸前。

町娘の追い打ち。

「ゆ、勇者様……。今日だけは遊び人になってくれませんか……?」

「!!!　遊び人!?」

「その……、エッチな気持ちにさせちゃったのは私なので……。責任をちゃんと取りたいなって……」

「〜〜〜〜っ!」

健気すぎる未仔のお誘いに、夏彦はスーパーハイテンションにもなってしまう。

据え膳食わぬは男の恥。

同意の上故、このまま未仔を押し倒してしまえば、ワンダーランドに突入できてしまう。

けれど、

「遊び人にはならない！」

夏彦はガムシャラに愛そうとはしない。

「けど！」

「……けど？」

「遊び人じゃなくて、君だけの勇者に俺はなりたい！」

「！　それって……」

「君に惚《ほ》れてしまいました！　結婚を前提に付き合ってください！」

ぱふぱふ婚。

そう言ってしまえば、不謹慎さは拭えないだろう。

しかし、ぱふぱふをしてもらえた理由が夏彦にはちゃんとある。勇者として日々悪《あ》しきモンスターたちと戦い続け、人々の生活や笑顔を守り続けてきた。

守り続けてきたからこそ、夏彦のありったけの気持ちに、未仔も嬉し涙を流してしまう。

「はいっ……♪　私で良ければ是非！」

我慢できないのは未仔。笑顔で快諾したと同時に、夏彦へと熱い抱擁を交わす。

「えへへ♪　いつまでも私の勇者様でいてくださいね？」

「う、うん……！」

互いの愛情を確認し合えば、もはや言葉など要らない。

2人は唇を重ね合わせつつ、ゆっくりベッドへと沈み込んでいく。

そして、何度も何度も愛を交わし合う。


テレテレテッテッテーン。

おめでとう、夏彦はレベルアップした。

◆◆◆

長い長い妄想から帰ってきた夏彦は、膝から崩れ落ちる。

「ナ、ナツ君⁉」

「〜〜〜〜〜〜っ！　異世界の未仔ちゃんも可愛《かわい》すぎて辛《つら》すぎるっ!!!」

この男の妄想力、無限大。

キッズな頃の夏彦は、可愛い町娘やセクシーなお姉さんのお誘いに、『おいおい。本当にいいのか……？』と画面越しに生唾を飲み込んできた。

そして、何度もぱふぱふ詐欺を経験してきたものだ。

ぱふぱふと二体のスライムに顔を挟まれたり、ぱふぱふと化粧されたり。

今回の妄想ならば、未仔ではなく未仔父が登場していた。「どうだ夏彦君。俺のぱふぱふは気持ち良いだろう？」と、あの鍛え抜かれた大胸筋でカッチカチなぱふぱふを経験していただろう。夜は枕を濡《ぬ》らしていた。

ドラゴンなクエストのぱふぱふには、『人生はそんなに甘くないですよ』というメッセージが込められている。すなわち、子供たちが大人へと一歩近づくための教育もなされている。

だからこそ、衝撃的な事態だった。

最愛の彼女が真のぱふぱふを許可してくれたことが。ファストパスチケットをプレゼントしてくれたことが。

未仔が人を悲しませるような嘘《うそ》はつかないことを知っているだけに、夏彦の心臓は高鳴りっぱなし。

夏彦はハッとする。

未仔ちゃんは、ぱふぱふの意味を知っているのか……？

「ピュアすぎる故、過激な愛情表現なことに気付いていないのでは？」という懸念が生まれてしまう。

彼女に問わずにはいられない。

「未仔ちゃんは、ぱふぱふをご存じなのですか……？」

夏彦の恐る恐るな質問に対し、未仔は首を横にふるふる。

予感的中。ぱふぱふを知らないようだ。

安堵《あんど》及び、ちょっとばかし残念という感情が入り乱れる中、夏彦は声を荒らげる。

「駄目だよ未仔ちゃん！　知らないことを許可するのは危なすぎるって！」

彼女が大事だからこその注意喚起。

未仔自身、エッチな行為なことは何となしに分かっているのだろう。顔を赤らめたり、忙《せわ》しなく手指を動かしているのが、その証拠である。

理解できているからこそ、

「だって」

「だって……？」

「ナツ君のしたいことは、全部受け入れたいんだもん」

「!!!」

身体中《からだじゅう》の血液が、鉄分から糖分に変わってしまったかのような。

未仔の甘々で幸せな言葉が、夏彦のハートをガッシリ鷲掴《わしづか》み。

現実・異世界・妄想。どの世界の未仔も、例外なく尊い存在だと改めて気づかされてしまう。

一肌、二肌どころか、夏彦のためにならスッポンポンになってくれる。

それが未仔クオリティ。

（全部受け入れる？　ぱふぱふ以上のことも……？）

邪《よこしま》な妄想、カムバック。

一緒に風呂に入ったり、
サンタやナースコスでサービスされたり、
ゲームの世界でぱふぱふされたり、
そして、ゆうべはお楽しみしちゃったり。

自分は勇者などでは決してない。にも拘《かかわ》らず、彼女は至れり尽くせりなサービスをしてくれると言っている。

勇者ではなく、遊び人や大魔王であろうと愛してくれるのだろう。たとえ、村人やわかめ王子であろうとも。

とはいえだ。

やはり夏彦としては、未仔の勇者でありたいわけで。

「絶っっっ対！　未仔ちゃんに相応《ふさわ》しい男になるから！」

「！」

「相応しい男になったときに、ぱふぱふをお願いします！」

大好きな彼女の勇者になりたいからこそ、道のど真ん中で押し倒すようなことはしない。

雄々しい夏彦の叫びに、未仔はキョトンとしてしまう。

「今のナツ君だって、私には十分魅力的だよ？」

「俺が納得してないんだ！」

「そう、なの……？」

「そうなんです！　魅力的かつ相応しい男になりたいんです！」

若干の混乱《メダパニ》は否《いな》めないのだが、及第点くらい与えてもよいだろう。相応しい男になるまでは、未仔の純潔に手を出さない意志は伝わってくるのだから。

夏彦の気持ちを聞いた未仔は、「そっか……」と呟《つぶや》く。

しかし、それは落胆の声音ではない。

「じゃあ、ぱふぱふは、またのお楽しみだね♪」

「！　……待ってくれるの？」

「ナツ君は待たないほうがいい？」

「と、とんでもない！　コチラ側としては願ったり叶《かな》ったりです！」

「願ったり叶ったりではあるんだ」

「えっ⁉」

「あははっ♪　ナツ君、顔真っ赤！」

　イタズラ成功と言わんばかり。未仔は堪えることなどできないと、嬉々《きき》とした表情で大笑い。

　自分の顔に大爆笑されているのに、夏彦は不快感を全く感じない。それどころか、目の前の彼女が笑顔でい続けてくれるのなら、一生茹《ゆ》でダコで良いとさえ思う。

　自分のことを最優先で考えてくれている未仔が愛《いと》おしくて仕方がない。

　普段の夏彦なら頭を撫《な》でたりとスキンシップしていただろう。けれど、如何《いかん》せん男らしくなると誓ったばかり故、ただただ照れるばかり。

「えへへ♪」

　甘えん坊な未仔が我慢できるわけもなく。照れる彼氏も大好きなんですと、夏彦の腕へとぴっとり寄り添う。

　さらには、細く小さな小指を夏彦へと差し出す。

「ナツ君が自分で納得するようになったら、そのときは。ね？」

「未仔ちゃん……。うん！ 約束！」

彼女の笑顔を守りたい、相応しい男になりたい。夏彦は未仔の小指と自身の小指を絡ませて指切りげんまん。

未来のぱふぱふを夢見つつ。

「ナツ君、嘘ついたらコチョコチョの刑だよ？」

「了解です！ てか、未仔ちゃんからのくすぐり攻撃なら全然罰にならないよ」

「えー、本当に？ そんなこと言うなら、今すぐ試しちゃお！」

「えっ⁉ ちょ、ちょっと未仔ちゃん――、ワハハッハハハハッ！」

「うりうり～～～♪」と未仔のか細い指が、これでもかと夏彦の脇腹や首筋をくすぐり続ける。

傍《はた》から見れば、「相応しい男にならなくてもいいんじゃね？」というくらいのイチャつきっぷり。

それでも夏彦と未仔は、現状の幸せだけでは満足しない。

何故《なぜ》なら、２００％も３００％も幸せになりたいから。

それがバカップルという生き物である。

2人が歩道でイチャついている最中だった。

「あれ？　もしかして、未仔ちゃん？」

2人して振り向けば、夏彦や未仔たちとは異なる制服に身を包む少女が立っている。

少女の制服に夏彦は見覚えがある。自分たちの通う高校とは少しだけ離れたところにある女子校の制服だ。

夏彦にとって見覚えのあるのは制服だけではない。

『彼女自身』にも見覚えがあった。

腰まで真《ま》っ直《す》ぐに伸びた黒髪がとても美しく、凛《りん》とした佇《たたず》まいは上品さや清楚《せいそ》感たっぷり。大人っぽい顔立ちなのだが、柔らかくおっとりした雰囲気が特徴的な少女。

瀬《せ》下奏《したかなで》。年上の先輩で、草次の彼女だ。

夏彦は首を傾《かし》げてしまう。

「どうして、草次の彼女が未仔ちゃんのことを知っているのだろう？」と。

答えは直ぐに分かってしまう。

「……奏、先輩？　――！　奏先輩だっ♪」

未仔の表情が驚きから一変、嬉々としたものに。

尻尾があればブンブン振っているような未仔の反応に、奏が急接近。

「やっぱり未仔ちゃんだ！」

そのまま、再会を祝さずにはいられないと、未仔をひっしり抱き締める。

隣にいた夏彦ごと。

「ええっ⁉」「お久しぶりです♪」

マスオさん状態で混乱する夏彦などお構いなし。

「ほんとに久しぶりだね！　いつぶりだっけ？」

「奏先輩が部活に顔を出してくれた以来だから2年ぶりです！」

「そんなに経《た》つの？　時が経つのは早いなぁ。けど、未仔ちゃんはいつまで経ってもお人形さんみたいで可愛《かわい》いね〜♪」

「からかわないでくださいよう」と口にする未仔だが、褒められるのが嬉《うれ》しいようで表情はすっかり綻んでいる。

右を見れば、可愛い未仔。

左を見れば、綺麗《きれい》な奏。

2人の少女がキャイキャイはしゃいでいるが、一番はしゃぎたいのは夏彦だろう。

「だよねー！　超お久〜！」と、ＪＫ感を出せば仲間に入れるかもしれない。そんなしょうもないことを考えてしまうくらい、ＪＫサンドイッチのインパクト強し。

　とはいえ、奏は草次の彼女であり、自分は未仔一択。既《すんで》のところで我に返り、「自分のような輩《やから》が混じっててもいいんですか？　というか、俺の存在に気付いていますか？」と、奏にアイコンタクトを図ってみる。すると一安心。奏は夏彦の存在もしっかり認知しているようだ。夏彦にも朗らかな笑顔を向けてくれる。

「夏彦君にまで抱きついちゃってゴメンね。久々の再会だったから、ついつい、はしゃいじゃった」

「いえいえ！　俺のほうは役得というか何というか……。お、お気になさらず！」

「あははっ！　役得なんだー♪」

　未仔という存在がいるだけに恋に落ちることは有り得ないのだが、「年上お姉さんの魔力恐るべし……！」と夏彦は思わざるを得ない。

　そんな2人のやり取りを間近で見ていた未仔は、先程までの夏彦同様、こてんと首を傾げてしまう。

「？？？　奏先輩、ナツ君のこと知ってるんですか？」

夏彦も負けじと、「何で未仔ちゃんのこと知ってるんですか？」と奏に再びアイコンタクト。

２人仲良く尋ねてくる姿が可愛らしいのか。両者が知りたい情報を持つ奏は、クスクスと肩を揺らして笑みを零《こぼ》す。

そして、左手の腕時計を確認した後、夏彦と未仔に話しかける。

「２人とも少しだけ時間あるかな？」

※　※　※

場所は移って、駅前にあるチェーン店のカフェ。

「えっ⁉　未仔ちゃんと瀬下さんは、中学時代の先輩と後輩なんですか？」

「うん♪」「ピンポーン♪」

向かい側に座る未仔と奏が仲睦《むつ》まじく声を発すれば、「ほえ〜」と夏彦も唸《うな》ってしまう。

話を要約すれば、２人は同じ中学出身で、同じ家庭部に属していた関係というわけだ。

夏彦は、未仔が中高大一貫の海乃《うみの》女子学校に通っていたことは知っていた。何なら、奏と同じ学校なことも。

とはいえ、こんなにも深い絆《きずな》で結ばれていることまでは想像できなかった。

疑う余地がないことは明白。

「抹茶リスタ大正解♪　未仔ちゃんも飲んでみて！」

「お言葉に甘えて♪　………うんっ！　ほろ苦さとクリーミーさが相性抜群ですねっ♪　奏先輩も私のチョコリスタを是非是非！」

サッカー試合後のユニフォーム交換の如し。未仔と奏は自分たちの注文した期間限定ドリンクをシェアしあって和気あいあい。

久々の再会など感じさせないほどの仲良しっぷり。その姿は、先輩後輩どころか姉妹にさえ思えてしまう。

琥珀が未仔に抱きついていたときも同じような感想を夏彦は持っていたが、「やはり、セクハラ親父《おやじ》と被害者の関係だったのかもしれない」と過去の情報を歪曲《わいきょく》しそうになる。

そして、胸の内で一言。

(百合《ゆり》ってエエなぁ……)

百合百合しい糖度たっぷりなデザートを楽しみつつ、夏彦はブラックを一口。

いくら糖度たっぷりな光景とはいえ、苦いモノは苦い。「やはり、俺にはブラックはまだ早いです」と、トレーに置いていたシロップとミルクを黙って混ぜ混ぜ。

まだまだ、お子ちゃま舌な夏彦であった。

その後も、未仔と奏は再会を祝し合うかのように昔話に花を咲かせたり、近況を語り合ったり。

「やっぱり、見た目どおり優しくて気配り上手な人だ」と夏彦は思った。

そう確信してしまうくらい、奏は夏彦にも話を振ってくれたり、聞いて聞いてと昔話を共有してくれたり。

未仔の喜ぶ姿が見れるのなら、いくらでも蚊帳の外で構わない夏彦だが、やはり会話に参加できるのは見守る以上に嬉しい。

しかも、嫌々ではなく、ナチュラルに話題を振ってくれるのだから嬉しさは倍増。

「未仔ちゃん、家庭部に入りたての頃は、私の料理してるところをずっと観察したり、たくさん質問してきたんだよね。雛鳥《ひなどり》みたいに付いてきて可愛かったなあ」

「エプロン姿の未仔ちゃんが、一生懸命メモしてる姿が思い浮かびます！　いいな～、俺も見たかったなぁ～」

「中学時代の未仔ちゃん見てみたい？」

「えっ！　……もしかして、写真とかあるんですか？」

「ありま～す♪」

奏がスマホを手早く操作し終え、期待に満ち溢《あふ》れた夏彦へと手渡す。

「わぁぁぁ〜〜〜……。か、可愛ええ………！」

ディスプレイを見つめる夏彦が、うっとりしてしまうのはお察しの通り。

今よりも一回り小さいエプロン姿の未仔が、照れ気味スマイルでピースサイン。

カメラレンズを向けられ恥ずかしかったのだろう。けれど、断らずに精一杯応じてくれる優しさが垣間《かいま》見え、バカレシはキュン死寸前。

「可愛いでしょ〜♪　未仔ちゃんをスマホの待ち受けにするのが、ウチの学校では大流行だったんだよ？」

「!?　何ですかその初耳情報！　詳しい話を是非！」

「最初、私がこの写真を待ち受けにしてたの。そしたら家庭部の子たちにも大好評で、『私たちも待ち受けにしたいから頂戴！』って」

「成程《なるほど》……！　瀬下さん↓部員↓クラスメイト↓全校生徒の順に、未仔ちゃんの写真が広まっていったんですね！」

「そうそう！　三日も掛からなかったんじゃないかな？　気付いたら学校中の皆が未仔ちゃんを待ち受けにしてたんだよねー♪」

これ以上、一大ムーブメントに乗り遅れるわけにはいかないと、夏彦はすかさずポケットからスマホを取り出す。

「瀬下さん！　俺も待ち受けにしたいので写真ください！」

「いいよー♪　せっかくだし、ＬＩＮＥも交換しちゃおっか」

「えっ。連絡先まで交換してくれるんですか？」

「勿論《もちろん》！　あと、名字じゃなくて下の名前で呼んでくれたら嬉しいかな」

「！　りょ、了解です！　か、奏さんっ」

「うんっ。よく言えました♪」

年上お姉さんの粋な優しさに触れてしまえば、夏彦もすっかり懐く。草次が同年代の女子に目もくれない理由も大いに頷《うなず》けてしまう。

一方その頃、未仔ちゃん。

彼女である未仔は、大好きな彼氏と先輩が仲を深めてくれるのが嬉しくて堪《たま》らない。

しかし、それ以上に、

「二人とも恥ずかしいよう……っ！」

中学時代の伝説。さらには、自分の写真が交換されていることが恥ずかしくて堪らない。

照れている写真が普通に思えてしまうくらい、未仔は両手を顔で隠して大赤面である。

「こんな可愛い子が彼女なんて、夏彦君は幸せものだね～」

「間違いないです。毎日が幸せ過ぎて、1日が全然足りないくらいですからね」

夏彦がサラリと惚気《のろけ》れば、「彼女バカだなぁ」と奏はクスクス笑う。

「私、安心しちゃった」

「？　何にですか？」

「夏彦君が未仔ちゃんを大事にしてくれてることに」

夏彦だけでなく、恥ずかしがっていた未仔も顔を上げ、奏の言葉に耳を傾けてしまう。

「ずっと気になってたんだ。未仔ちゃんが美味《おい》しい料理を作ってあげたり、高校を変えてまで一緒にいたい人って、どんな男の子なんだろうって」

大切な後輩だからこそ、「本当にその男は大丈夫なのか？」、「悪い男に騙《だま》されているのでは？」などと心配だったようだ。

いつぞやの未仔父のときのように、男としての決意を奏に宣言したわけではない。

それでも、奏は夏彦のことを信じてくれる。

気配りができるということは、観察眼にも長《た》けている。この僅かな雑談だけでも夏彦の人の好《よ》さや、如何《いか》に未仔を大切に想っているのかを知るには十分だった。

何よりも、草次《かれし》の友達というだけで信じるに値する。

だからこそ、奏は未仔の頭を優しく愛撫《あいぶ》しつつ、祝福してくれる。

「未仔ちゃん良かったね。素敵な彼氏ができて」

いつまでも恥ずかしがっている場合ではないと、未仔も負けじと笑顔に。

そして、元気いっぱいに応える。

「はいっ。毎日が幸せ過ぎて、1日が全然足りないくらい幸せなんです♪」

「み、未仔ちゃん……！」

「えへへ♪」

奏へ伝えるだけでなく、夏彦へ惚気返しもする。

誰をも幸せ状態に誘う未仔の全体攻撃に、夏彦の心臓は高まるばかり。公衆の面前、先輩の前でなければ抱擁は必至だったろう。

「夏彦君。これからも未仔ちゃんを幸せにしてあげてね？」

「勿論です！　未仔ちゃんを幸せにできるよう死力の限りを尽くします！」

夏彦がそのまま敬礼すれば、「頼もしくて何よりです♪」と、奏までもが敬礼ポーズ。

おっとり優しいだけでなく、案外ノリの良い先輩である。

夏彦だけでなく、未仔まで惚気てしまえば、「いいな〜」と奏が羨ましがる。

「ウチのそーちゃんも夏彦君を見習って、『奏のこと、好きで好きで堪らないぜ！』くらい言ってほしいよ」

「あはは……」

「傍《はた》から見れば、俺はクソウザい存在なのかもしれない」と、夏彦は今更なことに気付きつつ苦笑い。

「やっぱり夏彦君たちの前でも素っ気ない感じ？」

「ですねー。素っ気なさすぎて、『俺は果たして友達なんだろうか？』って心配になるくらいですよ」

「心配しなくても大丈夫、大丈夫。そーちゃんの性格上、友達って認識してなかったら、コンビニ前でお喋《しゃべ》りしたり、連絡先の交換なんか絶対しないもん」

「確かにそうかも。草次は筋金入りの面倒くさがり屋ですもんね」

「そうそう！」

思わず夏彦が吹き出せば、奏は勿論、未仔までも笑みを零してしまう。

奏としては新鮮なのだろう。彼氏の友達と、彼氏に関する情報を共有できることが。嬉《うれ》しいからこそ、草次のダメな点を話し合うだけでも笑顔になる。

「そーちゃんと仲良くしてくれて、ありがとね」

「いえいえ。むしろ感謝したいくらいですよ」

「あの子、気難しいから大変でしょ？」

「うーん……。気難しいと言えば気難しい奴《やつ》ではあるんですが、俺的には自分らしさを持ってててカッコいい奴だなって思いますよ」

草次を褒めたときだった。

おっとり系女子のスイッチがONになったのは。

「それって、どんなどんな⁉」

「ち、近っ⁉」

目と鼻の先。目をキラッキラに輝かせた奏が、向かい側に座る夏彦へと身を乗り出して急接近。

彼氏のダメなところでも笑顔になるのだから、良きところともなれば聞きたくて堪らないらしい。

端整な顔立ちのお姉さんが接近してくれれば、夏彦は澄んだ瞳に吸い込まれそうになる。

しかし、既《すんで》のところで目の端、自分の視界に頑張って入ろうとする未仔がコンニチワ。

小さな身体をチョロチョロ動かし、「ナツ君、大丈夫？　恋に落ちたりしないよね？」と心配そうに見つめている。

本人としては至って真剣なのだが、夏彦としては焦っている彼女に可愛《かわい》さしか覚えない。未仔の愛らしいアピールによって、「自分の推しは未仔ちゃん一択」と我に返った夏彦は、一刻も早くこの状況を打破しなければと決意。

目を輝かせる奏へと、草次のイケメンっぷりを説明していく。

「え、えっと。草次って一見冷たい奴に見られがちなんですが、全然そんなことなくて。本当に困ってるときは、ちゃんと手を差し伸べてくれるんです」

「うんうん！」

奏の瞳の輝きが5割増し。

「ヒーロー気質たっぷりで、いつでもスクールカーストの頂点に立てるポテンシャルを持ってます。にも拘《かかわ》らず、そういう人望に全く興味がないんですよね」

「それでそれで⁉」

奏の瞳の輝きがさらに倍。

「人の顔色を窺《うかが》ったりしないし、嫌なことは嫌ってハッキリ言ったり。同い年に思えないくらい大人びているところが、同性の俺からしてもカッコいいです。『我が道を行く！』って感じで」

奏の瞳の輝きが以下同文。

いくら未仔推しとはいえ、これ以上、奏が輝きを発すれば浄化は確実。

一刻も早く離れてもらうべく、夏彦は最後の言葉を告げる。

「い、以上！　俺が草次をカッコいいと思うところをお伝えしまし——、」

　言い終えるより先。

「君は嬉しいこと言ってくれるなぁ～♪」

「かかかか奏さん⁉」「奏先輩⁉」

　そうは問屋《かなで》が卸さない。

　何ということでしょう。感極まった奏が、夏彦の頭や髪をイイ子イイ子し始めたではありませんか。優しくも激しく。

「どうしよ～♪　そーちゃんのことなのに、私が褒められてるみたいで嬉しくて堪らないよ～♪」

　夏彦は察してしまう。この人もまた、恋人を愛して止《や》まない同志なのだと。

　スキンシップは止《とど》まることを知らず。「もっとイイ子イイ子させて」と夏彦を手繰り寄せれば、最早《もはや》ハグにも等しいレベル。

　奏の細くしなやかな指、コンディショナーの香る黒髪、年上お姉さんの蕩《とろ》ける笑顔。

　未仔よりも低い体温、小ぶりな胸さえも、未仔と相反するからこそ魅力として加算されてしまう。

「奏先輩ダメ――〜〜っ！　ナツ君は私のなの！」

「みみみみ未仔ちゃん!?」

NTR《ねとら》れるとでも思っているのか。これ以上のお触りは禁止ですよと、テーブル下へと潜った未仔が、夏彦の隣へと顔を出したと同時に高密着。

普段の愛情たっぷりのハグではなく、焦りに焦った力いっぱいのハグは新パターン。夏彦のキュンキュンは止まらない。

このまま心臓が収縮し続ければ爆《は》ぜてしまうのは目に見えている。

「安心して！　俺は君のモノだから！」と未仔を諭したり、「気を確かに！　貴方《あなた》が抱きつくべきは、そーちゃんです！」と奏を落ち着かせたり。

無事にというか、ようやくというか。２人を椅子へと座らせることに成功させ、夏彦は安堵《あんど》の息をダダ漏らす。

「ごめんね？　ついつい嬉しくて」

「い、いえ……。目が覚めたようで何よりです……」

両手を合わせる奏は、未《いま》だに夏彦が褒めてくれたことが嬉しい様子。「良かったなぁ♪　ちゃんとそーちゃんの内面まで見てくれる友達がいて♪」と朗らかスマイルを継続。

とはいえ、夏彦の草次像に満点をあげるつもりはないようで、

「でもね？」

「？？？　でも？」

「そーちゃんは、夏彦君が思ってるほど大人じゃないと思うなー」

「そう、……ですかね？」

夏彦はピンと来ず。夏彦の中の草次はクールな面倒くさがり屋で、シンパシーを感じたような反応を見せることができない。夏彦の隣で依然くっつき虫な未仔も、『草次＝大人っぽい先輩』というイメージがあるようで、夏彦同様、小首を傾《かし》げてしまう。

２人してキョトンと疑問を抱いていると、奏はニッコリ。

「だったら観察してみる？」

「観察、ですか？」

「うんっ！　Ｗデートで♪」

「「！」」

◆

◆

◆

「今日は楽しかったなぁ♪」

ルームウェアに着替えれば、そのままベッドへと飛び込んでしまう。身体はフカフカのマットに沈んでいくのに、私の気持ちはフワフワと高揚したままだ。打倒琥珀さんを目指して臨んだゲーム大会。ベストは尽くせたと思うけど、私とナツ君で協力しても全然歯が立たなかったな。

悔しい気持ちはある。けれど、ゲームが上手《うま》くなったことをナツ君に褒められたり、琥珀さんにハグされちゃうと、嬉しい気持ちのほうが勝ってしまう。「もっともっと練習しないとな」と自然に笑みも零《こぼ》れてしまう。

そして、もう1つ。

奏先輩と久しぶりにお喋りすることができた。

おっとり優しい性格は昔のままで、また一段と綺麗《きれい》なお姉さんになっていた。改めて、「やっぱり、私の憧れの先輩だな」って思えた。

中学時代の懐かしい話や、高校生活の近況報告ができたのは勿論《もちろん》嬉しい。

それ以上に嬉しかったのは、

『私、安心しちゃった。夏彦君が未仔ちゃんを大事にしてくれてることに』

「えへへ……。奏先輩に安心されちゃった♪」

奏先輩の言葉を思い出してしまえば、ついついお気に入りのヌイグルミ、クマのナッツをギュッとしてしまう。

ナッツ君に大切にされていることが伝わったのも嬉しいし、奏先輩が私のことを大切な後輩と言ってくれたことも嬉しい。

「嬉しいに決まってるよね。大好きな人たちに大切に想われてるんだから」

ナッツに話しかければ、裏声を使わずとも『そりゃそうだよ』という声が聞こえてくる。

こんなところをお父さんに見られでもしたら、「ヌイグルミに話しかけて、お前は何歳だよ」と呆《あき》れられちゃうんだろうな。

でも仕方ないんです。大好きなんだもん。

「ねーねー、ナッツ！　ナッツ君がね、『毎日が幸せ過ぎて、1日が全然足りないくらい』って言ってくれたの。サラッと言っちゃうの反則だよね♪」

『君もサラッと言ってるでしょう』とナッツにも呆れられちゃう。

「『未仔ちゃんを幸せにできるよう死力の限りを尽くします』だよ？　プロポーズされたみたいで、すっごくキュンキュンしちゃった！」

今もキュンキュンしています！　とナッツを強めに抱き締めれば、『この子は本当に困ったちゃんだなあ』と返されちゃう。

　恋は盲目とはよく言ったものです。

「私もナツ君に相応《ふさわ》しい女の子になるために、もっと頑張らないとな」

大好きなナツ君が、私のために相応しい男になりたいと言ってくれているのだから、私だって変わっていきたいに決まってる。

「う〜ん……。具体的に何をしていこうかな？」と深い思考に入る間際だった。

「あっ。ぱふぱふ！」

ナツ君が『自分が成長した』と実感できたときに、ご褒美のぱふぱふを直《す》ぐにでもしてあげたい。にも拘らず、今の私はぱふぱふという行為を分かっていない。

　こうしちゃいられない。ナッツを膝に載せ、そのままベッドから起き上がる。

　スマートフォンで『ぱふぱふ』と検索をかけてみる。

「えっと……、ぱふぱふとは、女性の豊かな胸の谷間に顔をうずめる行為を指すことが多い――――、へっ⁉」

　スルリと手から落ちたスマートフォンはまるで爆弾。ベッドに落ちた瞬間、私の全身が真っ赤に熱くなってしまう。

た、多少のエッチさは覚悟していたけど、中々に斜め上をいく行為みたいです……！

ゲームや漫画で有名な行為のようだ。可愛い女の子や美人なお姉さんが、男の人を抱き寄せて自分の胸であんなことやこんなことを……。

エッチな行為と見せかけて、イタズラなオチでしたというものが多い。けれど、ナツ君がイタズラを望んでいるわけがない。そもそもの話、頑張ったご褒美はしっかりプレゼントしてあげたい。

ナツ君のためなら、たとえ火の中、水の中です。

「ナッツ、息苦しいかもだけど、ごめんね」と頭を下げてから、早速練習開始。

「えっと……。ナツ君の顔を私の胸に優しく押し付けて――、ぱふぱふ……、ぱふぱふ……。時々寄せたり持ち上げて――、ぱふぱふ……、ぱふぱふ……」

ナツ君、待っててね。

目一杯のぱふぱふをプレゼントできるよう、今のうちに沢山練習しておきます！

何回も練習してたら、きっと恥ずかしくなくなる……よね？

2章：伊豆見草次という男

Wデート。

恋人がいる同士でしかできない究極の合わせ技。アブソリュート・カルテット。

キング・オブ・リア充なイベントは、夏彦《なつひこ》にとって『良いこと尽《ず》くめ』としか言いようがない。

草次《そうじ》が大人っぽいか否《いな》かを知ることができるし、ナイスな思い出を作ることもできる。

何よりもだ。自分のリスペクトするクールな男が、恋人と接する姿を間近で見ることができる。

すなわち、未仔《みこ》に相応しい男になるための社会見学ができる。

※　※　※

夏の体育館は、とにかく暑い。

いくら照りつける日差しから館内が守られているとはいえ、昨今の地球温暖化を侮るなかれ。クーラーなどの空調設備が無ければ、熱はこもるばかり。

ましてや、青春真っ盛りな高校生たちがバレーボールに熱中し続ければ、ちょっとしたサウナ状態にもなる。

そんな蒸し暑い体育の授業にて、ひと際暑苦しい奴《やつ》が約一名。

夏彦である。

「お願いします！　Wデートさせてください！」

「断る」

暑苦しい夏彦の頼みを、クールな草次が一蹴。

コートでネット際の攻防が繰り広げられる中、コートサイドではWデートするか否かのラリーが繰り広げられていた。

奏《かなで》からWデートという魅力的な提案をされたものの、提案されたからといって実現するかは別の話。

最初にて最後の難関、草次が同意してくれない限りは実現しないイベントというわけだ。

夏彦怒涛《どとう》の攻め。

「せっかく夏なんだし、祭りとか海にでも行こうよ！　遊園地とか水族館でもいいし、人混みが嫌ならボウリングとかカラオケでも！　騒がしいのが嫌なら博物館とか美術館でも！　究極、俺ん家《ち》でもいいから！」

「お前、いつにも増して今日は粘るな」

「そりゃ粘るさ！　奏さんにも、『そーちゃんの説得は頼みました』って敬礼されてるんだよ！」

「昨日の今日話しただけで、どんだけ仲良くなってんだよお前ら……」

「いや〜♪　お互い持ち合わせてる、未仔ちゃんの情報を話し合うのが楽しくて楽しくて」

「未仔ちゃんの真っ赤になってる顔が思い浮かぶわ」と溜《た》め息づく草次は、自販機で買っておいたボトルコーヒーを一口。コーヒーを買うあたり、バレーに参加するつもりは毛頭ないようだ。

面倒くさがり、ワイワイ系を嫌う草次が、Ｗデートを断る可能性は大いにアリアリなことくらい夏彦も予測していた。

その反面、「彼女からの提案だし、乗ってくれるかも？」と淡い期待もしていた。

結果は淡い期待の大敗なわけだが。

「本当に無理？　今週の土日じゃなくても、来週以降とかでも全然いいからさ」

「無理だな。しばらく休日は予定が入ってんだよ」

「じゃあ平日は？」

「もっと無理」

「なんだよ！　結局、全部無理じゃん！」

夏彦の予想通りすぎるツッコミに、草次はケラケラと笑う。

「だから言ったろ？　全部無理だから断ってんだって」

「そうかもしれないけどさ……。その用事って、彼女を差し置いてまで優先しないといけない用事なの？」

「うーん……。まぁ、そうなるのかもな」

「何で濁すんだよ」

「だって、『彼女よりも大切な用事です』って即答するほうが胡散臭《うさんくさ》いだろ？」

一理あるだけに夏彦は言い返せず。

彼女より大切な用事。

考えてしまう。彼女よりも優先しなければならない用事とは、一体何なのだろうと。

未仔中心に世界が回っている夏彦には難問すぎる。首を傾げようとも、眉間に皺《しわ》を寄せようとも答えは降ってこない。

答えが降ってこないからだろうか。

「ん？」

答えの代わり、コートから高く高く飛び出したボールが、夏彦へと急接近してくる。

同時に、

「おらぁぁぁぁぁ〜〜〜〜！　ナツ、どけぇぇぇぇぇぇぇぇ〜〜〜〜！」

「こ、琥珀《こはく》!?」

ハイキュー愛読者の琥珀が、物凄《ものすご》い勢いで夏彦目掛けて突っ込んでくる。

もはや衝突事故。

「「ぐおぅっ……！」」

2人密接に絡まり合う姿はシンクロ攻撃というには非常に哀れ。

琥珀が壁に激突しなかったのは夏彦のおかげだし、夏彦が大事に至らなかったのは琥珀のたわわなバストが顔にめり込んだおかげ。

琥珀が気にするわけもなく。

「チッ……！　ボール取り損ねた」

「取り損ねたじゃねーよ!?　死ぬかと思ったじゃねーかバカ琥珀！」

「バカちゃうわぁ！　授業中にくっちゃべって余所見《よそみ》してるほうが悪いんとちゃいますのん!?」

「うっ……！」

琥珀の超ド正論に、夏彦の喉が急激に萎《しぼ》む。

「す、すいませんでした……。琥珀さんの仰《おつしや》る通りです……」

「せやろがい」

夏彦は素直に非を認めるものの、「体育の授業でフライングレシーブかますのは、スポ魂すぎやしませんか？」という疑問も生じている。

口が裂けても言えないが。

「おっしゃ！　その腐った根性叩《たた》き直したる！　ナツも相手コートに入らんかい！」

「えっ。い、いや！　俺はまだ草次と――、…………あれ？　草次どこ⁉」

さすがはクールな男。自分にも降りかかるであろう災難を予期し、フェードアウト済み。

試合頑張れという期待を込めて、コーヒーは置きっぱなし。

夏彦はブラックを飲めないのだが。

その後、アタッカー琥珀によって、止めどないスパイクを夏彦が浴び続けたのは言うまでもなく。

※　※　※

昼休みの教室。

夏彦・未仔・琥珀の3人が昼食を食べ終えた頃合いだった。

「怪しい」

「「えっ」」

琥珀のいきなりな発言に、夏彦と未仔は思わず顔を見合わせてしまう。

「一体、何が怪しいんだよ？」

「草次に決まっとるやん」

窓際の席、すなわち草次が座る席へと3人は恐る恐る目を向けていく。

幸いにも草次は睡眠中。イヤホンを装着し、机に突っ伏して寝息を立てている。

夏彦としては、「草次の何が怪しいんだよ？」と更に質問を重ねたかった。しかし、言葉の意図を何となしに理解しているためか、重ねることができない。

キッカケは間違いなく昼食時。まだ草次が自分たちのグループに混じっていた頃だ。

未仔へWデートの実現が難しい旨を伝えたときに、琥珀が怪訝《けげん》そうな表情を浮かべていたことに気付いていた。

片肘つきつつ未仔の手作りクッキーを食べる琥珀の姿は、どことなくワイドショーを見ながら煎餅《せんべい》を齧《かじ》る主婦を彷彿《ほうふつ》させる。

「いくら忙しい言うても、『ずっと外せない用事がある』はダウトやろ」

「まぁ、確かに……」

「やろ？　昨今のお父さん方でも、土曜か日曜はゴロゴロしとるで」

昨今のお父さん方の件《くだり》はさておき、やはり夏彦や未仔としても「1日くらいは……」という想《おも》いは強い。

けれど、信じる気持ちも当然あるわけで。

「俺的に用事自体は本当にあると思うんだ。毎回面倒くさがりはするけど、最終的に手を差し伸べてくれるのが草次なわけだし」

「そう、だよね。でも、伊豆見《いずみ》先輩が奏先輩と一緒にいるより大事な用事って何だろう？」

「そこなんだよなぁ……。俺も授業中ずっと考えてたんだけど、全く思い浮かばなくてさ」

うーんと眉根を寄せて2人は考えるが、ピンとくる答えが思い浮かばない。

現在進行形で愛を育むカップルには難しい問題なのだろう。

しかし、『愛など要らぬ』精神の持ち主にとってはどうだろうか？

「女、とか？」

「「⁉」」

　予想だにしない琥珀の爆弾発言に、夏彦と未仔が口をあんぐり。

「そ、草次が浮気…………？　ないないない！　そんなこと絶対有り得ないから！　……………ない、よね？」

「いやいやいや！　そこは自信持って否定してもらわんとウチのが困るわ！　ナツのが草次との付き合い長いやん！」

「いやいやいや！　付き合いは確かに俺のほうが長いけど、草次の売りの1つはミステリアスなところだろ⁉　そんなダークネスな一面持ってるなんて思わないから！」

「うわっ！　草次が浮気してるってコイツ確定させおった！　こういう些細《ささい》な火種から戦争は生まれるんやで！」

「もともとの火種は琥珀じゃねーか！」

「「むむむむ……！」」

　水掛け論というより泥掛け論。見苦しいことこの上ない。

　とはいえ、2人が疑ってしまうのも仕方ないだろう。

　彼女とデートと言いつつ実はデートしていなかったり、具体的な用事が何なのか伏せていたり。今の今まで隠し事してきたのは草次側。

「奏先輩が浮気されてる……？」

琥珀と夏彦は青ざめる。

未仔の顔が青ざめていたから。

２人の物騒な話を聞いた未仔までも、大切で大好きな先輩を被害者として認識。小柄な身体は一層小さくなり、温かな体温もすっかり冷え切ってしまう。

お気楽女子な琥珀も、さすがに責任を感じているようで、

「だ、大丈夫やって！　綺麗《きれい》な彼女さんいるのに浮気するわけないやーん！　ほら！　あんなにスヤスヤ眠るナイスガイやで？　浮気なんて大それた行動するわけ――、」

琥珀がバスガイドよろしく、「右手の草次にご注目ください」と視線を誘導させたときだった。

「きゃ〜！　伊豆見君の寝顔ＧＥＴしちゃった〜♪」

「私も欲しいっ！　グループチャットに共有して！」

「やっぱりカッコいいよねー。日本が一夫多妻制だったら、苗字《みようじ》の大半、伊豆見になっちゃうかも！」

「「「分かる～♪」」」

草次ファンの女子たちが、草次の寝顔をパシャパシャ、ピロンピロンと撮影したり、キャイキャイ、ウフフと黄色い声を上げたり。草次でワッショイ。

そんな光景を目の当たりにした夏彦たちは思う。

「本人の意志がなくとも、向こうから寄ってくるのでは……？」と。

琥珀崩壊。

「もうアカン……」

「アカン言うなぁ！　み、未仔ちゃんは気を確かに！」

力なく夏彦に傾いてしまう未仔は、もはや重さという概念はない。

お通夜ムードの2人に対し、夏彦はどうしたもんかと困惑待ったなし。

いつもなら的確なアドバイスをくれるはずの草次も、今回ばかりは当てにならず。

爆睡中の容疑者を見れば見るほど夏彦は、「人の気も知らずスヤスヤと。体育の授業、準備体操しかしてないくせに……！」と苛立《いらだ》ってくる。

苛立ちから閃《ひらめ》きへ。

「そ、そうだ！　尾行しよう！」

「「尾行？」」

「うん！　尾行した結果、草次が浮気してたら全力で止める！　ちゃんとした用事だったら全力で謝る！」

平和主義者な夏彦らしい提案だろう。ちゃんとした用事ならば知らんぷりすればいいのに、しっかり謝罪するのだから。

琥珀は友のため、未仔は先輩のため。

「せやな……。疑ってばかりだと気持ち悪いだけやし……」

「で、ですねっ！　私も奏先輩のためにも真実が知りたいです！」

意見が合致すれば、青ざめた表情から決意に満ち溢《あふ》れた表情へ。

青少年探偵団が結成された瞬間である。

※　※　※

満場一致。探偵団を結成した当日から、３人は草次を尾行していくことに。

ついに迎える放課後。コンビニ前でのたむろにも緊迫ムードが漂ってしまう。

嘘《うそ》をつけない性格だからか、はたまたアホだからか。普段なら炭酸飲料とスナック菓子の組み合わせが多い琥珀も、今日に限ってアンパンと牛乳という往年の張り込みセット。

「琥珀、今日はエナドリじゃないんだな」

「へあっ⁉」

草次に気付かれてしまえば、ウルトラマンでも飛んできたんかというくらい琥珀が素っ頓狂な声を上げる。

アホなのだろう。

「せ、せやねん！　今日はエナドリじゃなくて牛乳やねん！　これ以上、胸デカくなってどないすんねんって？　って、やかましいわ！　セクハラで訴えたろか！」

「……お前、そんな雑なノリツッコミする奴《やつ》だっけ？」

笑いにはシビアな琥珀だが、今は乾いた笑いしかできず。

夏彦や未仔もサポートに回ってやりたいのだが、自分のことで精一杯。

余計な演技をして、今後の尾行に綻びが出ないようにと、ベンチで黙々とスマホをいじるフリをしたり、いじいじと三つ編みを触り続けたり。

「お前らって、そんなよそよそしかったっけ？」

「「えっ！」」

まさかのフリに、夏彦と未仔もアタフタ。

「ななな何言ってんだよ草次！　俺と未仔ちゃんがよそよそしいわけないだろ！　皆の前だからイチャイチャを我慢してただけだから！　俺の世界の中心は未仔ちゃんだから！」

「そ、そうなんですっ！　私もナツ君となら一日中くっつきたいくらいです！　健やかなるときも病めるときも愛することを誓っているんです！　ナツ君大好きっ！」

一刻も早く証明せねばと、夏彦と未仔は互いに互いをガッシリ抱きしめ合って激烈ラブアピール。

「確かに普段通りっぽいけど、それはそれでどうなんだろうな……」

名誉なのか不名誉なのか分からない言葉を草次は呟《つぶや》きつつ、一同に負けじと張り付いた笑顔に。

何かしら違和感は感じているようだが、厄介ごとに首を突っ込むのはゴメンなのだろう。

草次は時間を確認すると立ち上がり、

「じゃあ、俺行くわ」

「あのっ！」

未仔が草次を呼び止める。

「奏先輩と一緒に帰ったりはしないんですか……？」

「奏？　ああ、今日は委員会があるらしいから、先に帰っておいてくれって」

「本当《ほんと》に真《ま》っ直《す》ぐ帰るんですか？」

「？　ああ――、」

「本当《ほんと》に本当《ほんと》ですか？」

「お、おう……」

見かけによらず大胆な性格の未仔である。

さすがの草次も、未仔のガン見攻撃に戸惑いを隠せない。友達《なつひこ》や彼女《かなで》の大切な存在だと知っているため、ぞんざいな扱いもできない。

とはいえ、さすがはクールな男。

「Wデートの件は悪かったよ」

「！　い、いえいえ！　決して怒っているわけでは……」

「埋め合わせは必ずするからさ」

軽く頭を下げる草次は、未仔から夏彦へと視線を合わせる。

「夏彦がしっかり」

「俺かよっ！」

「ハハッ！」

夏彦の予想通りすぎるツッコミに、草次は白い歯を見せて目を細める。

実にスマートな切り返し。草次は手をヒラヒラ振りつつ、駅目指して歩いていく。

小さくなる背中を見ながら、「あの笑顔に、どれだけの女子が落とされていったのだろう」と夏彦は想像してしまう。

「あ〜緊張したぁ……。ここまで振り回されたのは久々やで……！」

「俺たちの場合、一方的に空回りしてただけじゃね……？」と琥珀に言いたいところだが、強めのツッコミがくる可能性大なので、夏彦はお口チャック。

そもそも、ここでのんびりしている場合ではない。

草次尾行のミッションが始まったのだから。

琥珀は残りのアンパンを一気に頬張《ほおば》り、牛乳で流し込むと勢いよく立ち上がる。

切れ長で大きな瞳はもはやスナイパー。

というより暗殺者《ヒットマン》。

「草次め……。もし、浮気しとったら……」、

「う、浮気しとったら？」

「握り潰す」

「ひっ……！」

親の仇《かたき》と言わんばかり。琥珀が食べ終えたアンパンの袋をグシャグシャグシャ！　と力いっぱい丸め込む。

夏彦が咄嗟《とっさ》に股間を押さえこんでしまうのは、自然《おとこ》の摂理なのだろう。

※　※　※

「なーなー未仔ちゃん。高校生の戦闘力って、靴で大体分かると思わん？」

「戦闘力、ですか？」

「そそ」と頷《うなず》く琥珀は、スクールカーストのことを言いたいらしい。

「知人と靴が被るのって、ちょっとしたタブーやん？　やから、ちょっとお高いけど、皆が知ってる定番モデルを履いてる奴がリーダー格の可能性が高い」

「成程《なるほど》……！　ちょっと分かっちゃうかもです！」

「せやろ、せやろ？　サッカー部のリーダー格はアディダスのスタンスミス、バスケ部はナイキのエアジョーダン、サブカルはドクターマーチンの3ホールとか」

「タメになりますっ！」

「ヨッシャ、未仔ちゃん！　リピートアフターミー！　サブカル have a ドクターマーチン！」

「イ、イエス！　さぶかる have──、」

「未仔ちゃん!?　こんなクソ情報、リピートしなくていいから！」

クソ情報と言いつつ、ちょっと分かってしまうのが夏彦としては悲しい。

「おい琥珀！　未仔ちゃんに変な情報吹き込むなよ！」とイエローカードを提示すれば、琥珀が唇を尖《とが》らせる。

「しゃーないやーん。電車の中やと何もすること無いんやもん」

「それはそうなんだけどさ……」

今現在、３人は電車に揺られている最中である。

勿論《もちろん》、ターゲットの草次を追いかけた結果。そのターゲットは最奥部の車両で腰を下ろし、音楽の世界に没頭している。

要するに、降車するまで停滞状態というわけだ。

「暇ちーん」と呟く琥珀は、そのまま隣に座る未仔へと傾きかける。

肩ではなく乳に。

「琥珀さん!?」「こ、琥珀!?」

どうやら、『夏彦をいじる』以外に、『未仔に癒《いや》される』という趣味が琥珀に追加されたらしい。

未仔乳に顔を埋《うず》めたまま、スーハースーハーと深呼吸したり、ぽよんぽよんと首を上下させたり。顔はうっとり蕩《とろ》け顔。

「ほああ～ん……。未仔ちゃんの胸には敵《かな》わへんわぁ～……。おっぱいマウスパッドが売れるわけやね〜……」

「は、恥ずかしいですよう……！」

「恥ずかしがることなんかあらへんよ。リピートアフターミー！　Ｍｙバストｉｓ――、」

「お前、もう帰れよ！」

目の前の老夫婦が微笑《ほほえ》まし気《げ》に笑ってはいるが、夏彦としては満員電車で痴漢するオッサンと琥珀の区別がつかない。

しょうもないやり取りも束《つか》の間《ま》。

「!!!　伊豆見先輩が立ち上がりましたよ！」

未仔の気付きに、２人も争っている場合ではないと我に返る。

車両に取り付けられたモニターを見上げれば、『次は本山《もとやま》駅』と表示されている。

「本山駅、か。ココで愛人と待ち合わせしとんのか」

「愛人がいる前提で進めるなよ……」

パキパキパキ……、と指を鳴らしつつ草次を睨《にら》む琥珀は、「いつでも握り潰しまっせ」という頼もしさとおっかなさを併せ持っている。

「待ち合わせじゃないかもです」

思いがけない未仔の発言に、２人は「「えっ」」とハウリングしてしまう。

「奏先輩の最寄り駅が本山なんです。だから、幼《おさな》馴染《なじみ》の伊豆見先輩も同じはずですっ」

「「成程」」

最寄り駅に降りるだけでは疑惑は拭えないものの、真っ直ぐ家に帰るルートも開拓されて夏彦は一安心。

しかし、一安心すると同時に、別の感情が生まれてしまう。

それは琥珀も同じようだ。

「にしても、ナッツ」

「……うん」

「ウチらって、草次のこと何も知らへんよなぁ……」

「俺らって、草次のこと何も知らないよな……」

げんなりする理由は明白。草次の家どころか、最寄りの駅まで知らないのだから。

いくら草次がミステリアスなキャラだとしても、あまりにも情報を知らなすぎる。

『俺たち私たちは、本当に友達なんでしょうか……？』と心配にもなる。

そんな茫然《ぼうぜん》自失《じしつ》ムードな夏彦と琥珀の手を握り締める人物が1名。

未仔である。

「今から沢山知ればいいだけだよ。その一歩目として、今を一生懸命頑張ろ？」

その御言葉《おことば》は、天使や女神からの助言のような。

「ね？」と微笑みかけられてしまえば、愛《め》でずにはいられない。

「未仔ちゃ～～ん！」

「ひゃっ！」

左右に座っていた2人が未仔へと熱い抱擁でサンドイッチ。

「未仔ちゃんはホンマええ子やなぁ～！　ナツの嫁じゃなくて、ウチと結婚して！　リピートアフターミー！　未仔ｉｓエンジェル！」

「未仔ちゃんは俺の嫁だ！　けど、イイ子なのは激しく同意！　リピートアフターミー！　未仔ｉｓヴィーナス！」

「リピートアフターミー！」

「～～っ！　早く行きましょうようっ！」

本山駅は、学生の町として有名なスポットだ。

もっと細分化してしまえば、女子学生のための町といっても良いだろう。本山周りには多くの女子高や女子大が点在し、合わせるかのようにオシャレなカフェや雑貨店、タピオカやらパンケーキ専門店などが活気づいている。

夕方になれば、女性一色になっていることも不思議ではない。

そんな、花園な駅の改札を出たときだった。

「「ま、まさか……」」

夏彦と未仔が足を止めてしまう。

それもそのはず。

「あっ♪　草次く～ん！」

駅のロータリー、草次の名を呼ぶ女性が、草次のもとへと駆け寄っていたから。

大学生、もしくは社会人だろうか？　小柄でふんわりした雰囲気の女性で、ブラウン色の髪をお団子ヘアにまとめ、ゆったりサロペットコーデ。

童顔も相まって、年下や子供っぽい雰囲気の女性なのだが、やはり年相応の大人っぽさや色気もあり、『大人可愛《かわい》い』という表現がよく似合う。

そんな大人可愛い女性が、仲睦《むつ》まじくも草次を呼び止めている。

琥珀、鬼神の如《ごと》し。

「黒やな。握り潰す」

「ちょ、ちょっとストップ！」「早すぎませんか⁉」

　草次を葬ろうと動き出す琥珀を、夏彦と未仔が必死に拘束。か弱き未仔など、手だけでは抑えられないと、琥珀を背後から抱きしめる大胆っぷり。

「琥珀！　まだ浮気してるって決めるには早すぎるって！」

「じゃあ、あれは何ですのん？」

「え⁉　えっと……、草次のお姉さんとか？」

「姉ぇ？　ないないない」とオーバーに琥珀は手を振る。

「ナツよ。仮にウチがアンタのお姉ちゃんやとするやん？」

「えっ。あ、はい……」

「するとやで」と言いつつ、琥珀が後戻るかのように、1歩、2歩、3歩……、と後ずさっていく。

　そのまま曲がり角まで戻ってから数秒後。

　再び時は動き出す。

「あっ♪　夏彦ちゃ～ん！」

「………」

　鬼神の顔から一変、ニッコリ満面なスマイル。姉貴面の琥珀が右手をブンブン振りつつ夏彦の元へと駆け寄ってくる。

しっかり演技してくれているのだろう。普段は粗野であっけらかんとした性格は雲に隠れ、明るい1コ上のお姉さん感たっぷり。若干ぶりっ子っぽく見えるのは確信犯。

大人しくしていれば可愛い女子ランキングぶっちぎり1位なだけに、元気一杯に愛嬌《あいきょう》たっぷりな笑顔を振りかざせば、多くの男たちは即オチ間違いなし。

悪友の夏彦を除いて。

「どや？　姉が迫ってきた感想は？」

「と、鳥肌が止まらない……！」

「皮剝《は》いだろか？」

「こえーよ！」

やはり琥珀は姉ではなく悪友。役者顔負けで姉の演技をされようとも、あぐらをかいてコントローラーを握りしめる姿や、茶目《ちゃめ》っ気《け》たっぷりに中指を突き立ててくる悪友の姿がチラついてしまうわけで。

「言いたいことは大体分かったけどさ！　今のは俺や琥珀個人の感想だろ！」

自分の顔面に爪をめり込ませようとする琥珀の腕を必死に鷲摑《わしづか》みつつ、夏彦が猛反論。

「つまり、草次はシスコンやと？」

「どんな結論だよ！」

「極端かよ！」と夏彦が追いツッコミすれば、「極端ちゃうわボケェ！」と琥珀も負けじと応戦。不毛なラリーの応酬。

「ふ、二人とも落ち着いて。ね？」

「未仔ちゃんはどう思う⁉」

「！　私？」

なだめようとする未仔へ、醜い二人が無茶《むちゃ》ぶりという名のキラーパス。常人ならフィールドに弾《はじ》き飛ばされてしまう威力の危険球である。

しかし、真面目な性格だからか。はたまた、たわわな胸はどんな衝撃も容易《たやす》く受け止める力を有しているからか。

「えっと……。私は琥珀さんがお姉ちゃんなら、すごく嬉《うれ》しいですよ？」

「未仔ちゃん……。アンタって子は……」

まさかのキラーパス返しに琥珀の胸キュンが止まらない。

勿論、返すのは琥珀だけではない。

未仔は若干の照れを見せつつ、

「ナツ君がお兄さんでも嬉しいよ？　けどね？　私としては今みたいに恋人でいてくれる

ほうが、もっと嬉しいです……」

「未仔ちゃん……。君って子は……」

何故《なぜ》争っていたのか忘れてしまうほど。止めどない幸福が夏彦と琥珀に押し寄せる。

殆《ほとん》ど反射。すっ……、と未仔を２人は抱きしめてしまう。

サンドイッチ抱擁《ハグ》リターン。

小柄な天使は案の定、大赤面。

「〜〜〜っ！　黙って抱き着かれるのは恥ずかしいですよう！」

いつも夏彦に甘えてばかりの未仔は思う。

嬉しいと言えばとても嬉しい。けれど、公衆の面前で抱き着かれるのって、めちゃくちゃ恥ずかしいことなのだなと。

未仔に癒しを供給された後《あと》、３人は引き続き草次及び女性を尾行していく。

なだらかな坂に立ち並ぶ店は、やはり若い女性をターゲットにした店ばかり。

カフェ１つ挙げてもコンセプトは様々で、古民家を改装した趣ある小さなカフェ、観葉植物や色彩豊かな花に囲まれるボタニカルカフェ、個性的なインテリア家具も取り扱う北欧カフェなどなど。

最近になって未仔とカフェデートするようになった夏彦としては、まだまだ1人で歩くにはハードルが高いのは言うまでもない。

そんなオシャレ街道を歩けば歩くほど、草次のイケメンっぷりが露《あら》わになっていく。

「あのさりげなさがモテる秘訣《ひけつ》なんやろか」

「否定はできないな」「かもですっ」

さりげなく車道側を歩く女性と立ち位置を入れ替えて歩いたり、彼女のトートバッグを持ってあげたり。人とぶつかりそうになれば、そっと手繰り寄せたり。

さらには、とてつもなく大きなヌイグルミが飾られたファンシーショップであったり、アンティーク調のアクセサリーが飾られるハンドメイド雑貨店であったり。言われるまでもなく大人可愛い彼女が好きそうな店の前で立ち止まる配慮っぷり。

総評。腹が立つほどジェントルマン。

通りすがるＪＫやＪＤが、キャイキャイはしゃぐ理由も頷《うなず》けてしまう。

「年下なのに大人っぽいってエモいよね！」

「ウチの彼氏、年上だけど全然しっかりしてないから、すっごいエモい……」

「一見冷たそうなのに実は優しいとか。超エモいんですけど！」

総評。草次は超エモい。

今現在もタピオカ店でドリンクをテイクアウトし、何やら仲良さげなやり取り。

彼女が自分の飲んでいるドリンクを、1口どうぞと言わんばかりに草次へと差し出す。

さすれば、草次は気まずげに首を振り、彼女は困った反応さえ楽しそうにクスクス笑う。

夏彦としては気が気でない。間接キスを成功させた瞬間、草次の浮気している可能性がほぼほぼ確定してしまうから。

話している内容までは聞き取れないが、『彼女《かなで》がいるから飲めません』なら100点満点の答えだし、『公衆《ひと》の面前だから恥ずかしい』ならまだまだ疑いは晴れない。

琥珀の予想が酷い。

「タピオカなんか要らねえ。俺はお前というデザートが欲しいんだZE？」

「草次がそんなクソダサい誘いするわけないだろ」

「ちちち。ただしイケメンに限るって奴《やつ》や。古着コーデをフツメンがしたら『ダサい、小汚い』って言われて、イケメンがしたら『オシャレ、読モっぽい』って言われる道理と同じやん」

「身も蓋もない……」

琥珀が夏彦の肩にポン、と手を置いて哀愁ある顔で微笑《ほほえ》む。

「そういうことや。傘井夏彦《フツメン》と伊豆見草次《イケメン》では言葉の重みが違うねん。な？」

「泣くぞこの野郎！」

「プ――――――――ッ!!!」

涙目の夏彦と大爆笑する琥珀の傍《かたわ》ら。「わ、私はナツ君に『欲しいんだZE』って言われたら嬉しいよ！」と必死に慰めてくれるのが、これまた切ない。

「は～～、おもろかった。そんなことよりナツと未仔ちゃん。妙やと思わん？」

「どの口が言ってんだよ……」

「琥珀さん、何が妙なんですか？」と未仔が問えば、琥珀は続ける。

「やってさ。さっきから全然店に入らんやん。雑談するなら茶店《さてん》入ればいいし、興味ある商品あるなら中に入ればいいのに」

「……確かに」

草次が女性と合流してからというもの、多少の足止めはするが、ガッツリと店に入るようなことは一度もしていなかった。

「言われてみればなんだよなぁ。まるで行き先が決まってるみたいにスルスル歩いてる気さえしてくるし……」

「私もそんな気が……。それに、ちょっとずつ繁華街の通りから外れてる、よね？」

未仔が精一杯背伸びして、草次や女性よりも先の景色を眺める。

オシャレな町並みは徐々に薄れており、不動産屋や塾、クリーニング屋など、様々な店が立ち並ぶ、いわば何処《どこ》にでもある町に変わりつつある。


付いていけば付いていくほど、地元民であろう主婦たちの談笑する姿であったり、公園で遊ぶ小学生たちの姿などが目立つようになっていく。

マンションや一軒家さえ目立ってきた細い路地道。

「……お泊りデートやろか？」

「!?」

琥珀の爆弾発言、敢《あ》えて考えないようにしていた展開を口にされ、夏彦大慌て。

「いやいやいや！　奏さんと幼《おさな》馴染《なじみ》なのに、お泊りは有り得ないだろ！」

「草次の家行くとは限らんやん。それに、仮にお泊りじゃないとしてもやで？」

「お泊りじゃないとしても？」

「こういう関係っていう可能性も……」

「こういうって、どういう――――、!?!?!?」

夏彦、ゆっくり上げる琥珀の右手に注目し、開いた口が塞がらない。

それもそのはず。只《ただ》の握りこぶしではない。人差し指と中指の間から親指がコンニチワ。

すなわち、パンパンとアンアンに見立てた、卑猥《ひわい》を象徴するハンドサインである。

「～～～～っ……！」

やはり未仔も年頃の女の子。ハンドサインの意味を知っているようで気まずげにソワソワモジモジ。

食事中、テレビでHなシーンが流れて、茶の間が凍《い》てつくかのような。

静寂を破る、というか耐え切れなくなった夏彦は叫ぶ。

「と、とにかく！　今は草次たちを最後まで追おう！」

「逃げよったなコイツ」

「う、うるせー！」

琥珀の意見をガン無視しつつ、顔の赤い未仔の手を引っ張りつつ、2人が消えて行った曲がり角へと入って行く。

そして、3人は再び足を止めてしまう。

草次と女性の目的地であろう場所へと到着してしまったから。

草次の家でなければ、大人可愛《かわい》い女性の家でもない。

勿論《もちろん》、ラブホテルでしたというオチでもない。

「「保育園……？」」

草次たちが入った先は、まごうことなき保育園。

ペールピンクや薄水色に塗られた建物は総じて可愛らしく、保育園のマスコットキャラクターだろうか。門の上には、ゆるキャラチックなワンコとニャンコが『ようこそ！』と手を広げている。敷地内からは子供たちのはしゃぐ声も聞こえてくる。

夏彦・琥珀・未仔、放心状態。

目をパチクリしてばかりはいられない。

「伊豆見先輩、将来の夢は保育士とかなのかな……？」

「えっ⁉ 手伝いするために保育園に来たってこと？ ……ということは、一緒に歩いてた女の人は、彼女じゃなくてバイト仲間？」

「ちょい待ち！ 保育士って子供好きやん！ 草次って人嫌いちゃいますのん⁉」

人嫌いに定評のある草次が、子供たちと戯れる姿をイメージしてみる。

子供たちと一緒に庭を走り回ったり、

お昼寝の時間に子供たちを寝かしつけたり、

お遊戯会で子供たちと一緒に踊ったり歌ったり。

「笑顔が死んでる……」「嫌がる子供にピーマン押し付けとるで……」

夏彦と琥珀、普段を知っているだけに、エプロン姿で働く草次をイメージすることが困難を極める。

「う～ん……。エプロン姿の草次を目撃するまでは、信じ難いのが本音かなぁ……」

「せやなぁ。それやったら、『隠し子いました』って言われるほうが、しっくりくるし」

つい先ほどまでなら、琥珀の発言も笑えなかったものの、浮気疑惑から保育士疑惑にシフトチェンジしてしまえば笑みも溢《こぼ》れる。

緊張と緩和というやつだろう。

「隠し子？ ないないない！ 俺ら高校生だぞ？ 園児なんて3、4歳なんだしさ！」

「だ、だよねっ。いくらミステリアスな伊豆見先輩でも、そんな隠し事は持ってるわけないですよ！」

「いやはや～！ 少々ブラックジョークが過ぎたわ～～！」

「「「アハハハハハッ！」」」

『高校生大歓迎！ アットホームな職場です』の文字を貼れば、バイト求人誌に載ってそうなくらい一同の笑顔が咲き誇る。

このまま尾行を終了し、めでたしめでたしな勢いまで感じられる大団円っぷりである。

このときまでは。

「……夏、彦？」

実に30分ぶりの再会。

保育園から出てきた草次が、ついに夏彦たちの存在に気付いてしまう。

そして、夏彦たちも気付いてしまう。

「あ。草次——、………。！！！？？？」

夏彦、目の前の光景に驚愕《きょうがく》。未仔と琥珀も開いた口が塞がらない。

おかえりなさいませ、浮気疑惑。

右手に子供、左手に子供。

草次の両隣に、小さな保育園児がちょこんと立っているではないか。

不愛想な草次とは対照的。子供たちはニッコニコ笑顔で愛くるしさたっぷり。

まるで、パパが迎えに来てくれて喜んでいるような。

そんなアットホームかつショッキングな光景に、夏彦たちは想《おも》いのまま叫ぶ。

「本当に隠し子!?」「可愛い……！」「ロ、ロリコンや————っ！」

「……。面倒くせー……」

※　※　※

場所は変わって草次宅。

夏彦は思う。『友達の家に、こんな形で初めてお邪魔することになるとは……』と。

「はーい。皆、お待たせー」

どぎまぎムードを緩和してくれるのは、少し前に合流した奏。

まるでウェイトレス。制服&エプロン姿の奏が人数分の飲み物をトレーに載せ、各々の前へテキパキと置いてくれる。

「夏彦君はミルクとガムシロップいるよね？」

「あっ。は、はい！　両方とも頂戴できればと――、」

「夏彦はブラックでいいよな？」

「えっ⁉」

リビングテーブルの向かい側、草次の殺伐とした声に、夏彦の両肩が跳ね上がる。

「い、いや、できれば――、」

「ブラックで、い・い・よ・な？」

「……あい」

まるで、苦汁を飲めと言っているような。

実際、言っているのだが。

「そーちゃん！　友達にイジワルしちゃダメでしょ！」

「ちっ……」

さすがの草次も、彼女《かなで》には盾突かず。舌打ちと同時、テーブル上のミニバスケットからミルクとガムシロを1個ずつ取り出し、夏彦に向かってデコピンで高速射出。

「あ、あざまーす……」

夏彦はミルクとガムシロをGETしたものの、直《す》ぐにアイスコーヒーの中へと入れる気にはなれない。炎天下の尾行で喉はカラカラにも拘《かかわ》らず、氷のたっぷり入ったグラスに口を付ける気にもなれない。

それは両隣に座る未仔と琥珀も同じようだ。配られたオレンジジュースではなく、夏彦を見つめているのだから。

3人が互いにアイコンタクトを交わし合えば、大きく頷《うなず》く。

そして、

「「「すいませんでした!!!」」」

夏彦・未仔・琥珀の3人が、ジャパニーズ礼法の最敬礼である土下座を披露。

土下座する理由は明白。

草次は浮気などしていなかったから。

お奉行様に平伏《ひれふ》す町民の如く。

「プライベートが謎に包まれた草次が、放課後に何をしているのか気になっちゃって！」

「せやねん！　無駄に女にモテるから、とっかえひっかえして遊んでるんちゃうかと！」

「心のモヤモヤを解消するためとはいえ、本当に失礼なことをしました！」

「お前らは、俺を何だと思ってんだよ……」

「「「誠に申し訳ございません!!!」」」

呆《あき》れる草次に対し、「いいのいいの」と奏が微笑《ほほえ》む。

「気にしないで大丈夫だよ。皆に何も言ってない、そーちゃんにも問題があるんだから」

「何で奏が許すんだよ」

「素直になれない誰かさんの代わりでーす♪」

「減らず口を……」

奏のニッコリ笑顔を見た草次は、完全に毒気を抜かれてしまう。

溜《た》め息つきつつも、「頭上げろよ」と3人に言い渡す。

「こっちも悪かったな。ちゃんと事情を説明してこなくて」

「い、いやいや！　こっちとしては安心というかビックリというか……」

顔を上げた夏彦は、そのまま『ビックリの対象』へとゆっくり視線を向けてしまう。

安心よりビックリという感情が勝るのは、夏彦だけではないようで、

「やんなぁ。ウチとしても、こんなオチになるとは思ってもみなかったわ」

「ですっ……！」

顔を上げる琥珀と未仔も、『ビックリの対象』へと視線を向ける。

視線先は草次でも奏でもない。

夏彦のド正面に立つ、瓜二《うりふた》つな女の子2人。

すなわち、草次の妹たちである。

妹たちは、自己紹介のタイミングを見計らっていたらしい。

「ミッちゃんですっ！」

「サッちゃんですっ！」

右手を挙げるミッちゃん、左手を挙げるサッちゃんは、キッズらしくとてもエネルギッシュ。

穢《けが》れを知らないピュアッピュアな瞳は、つい先ほどまでストーキングしていた夏彦には、たっぷり染み込む。

「ご、ご親切にどうも。夏彦です」

エネルギッシュ全開。

「うおうっ!?」

「「ナッヒコ♪　ナッヒコ♪」」

名前を連呼する2人が夏彦の周りを、ぐるぐるぐるぐると駆け回り続ける。

「もうどっちがどっちだか、分かんねーだろ？」

「ははは……」

草次の発言どおり、お揃《そろ》いのワンピーズを翻《ひるがえ》し、さらには前髪を1つに縛ったパイナップルヘアも一緒。会って間もない夏彦には、どっちがミッちゃんで、どっちがサッちゃんかの判別は至難の業。

双子をファンネルとして受け入れた夏彦は苦笑いを浮かべつつ、

「放課後に直ぐ帰る理由が、妹たちを迎えに行くからだなんて思いもしなかったよ」

「だろうな。そんな話してなかったし」

他人事のようにアイスコーヒーを一口含む草次に、「なーなー」と琥珀が尋ねる。

「一緒に歩いてた可愛《かわい》い系女子って、結局誰やったん？」

「可愛い系女子？　……ああ。宮村《みやむら》さんのことか？」

「宮村さん？」と夏彦たちが首を傾《かし》げれば、走り疲れて床に寝そべっている双子を草次は指さす。

「ミキとサキ、コイツらの友達のお母さんだよ」

「「えっ⁉」」

可愛い系女子、まさかの人妻展開。

「あの人って、女子大生じゃないの？」

「は？ 普通にOLやってる人だぞ？ 何なら、妊娠2ヶ月目だし」

「に、妊娠⁉ じゃ、じゃあ、荷物持ったり、人とぶつかりそうになったときに手繰り寄せたりしてたのって……」

「あの人、おっとりというか、うっかりしすぎな人だからな。カバーできる範囲をカバーしてただけだ」

「タピオカジュースのストローをペロペロせんかったのも――、「琥珀はうるせー」」

最大の謎の正体が、草次の愛人ではなく、妊娠中のママ友というオチ。

「てか、マジで最初から付けてたのかよ」と呆れる草次が、夏彦と琥珀をジト目で睨《にら》む。

ものの、

「ん？ 何でお前らが睨むんだよ」

「「ま……」」

「ま？」

「「紛らわしい……！」」

「……。俺のせいなのか……？」

せめてもの救いは、未仔と奏が笑ってくれていることだろうか。

言葉足らずな草次の代わりに、奏が説明してくれる。

「そーちゃんのお父さんとお母さん、両方とも役所勤めの人たちなの。だから、平日は私たちでミッちゃんとサッちゃんの面倒見てるんだよ？」

「あっ。時々２人で帰ってるときって、ミッちゃんとサッちゃんを一緒に迎えに行くためだったんですね」

「ぴんぽーん♪　他にも、全く家事ができない誰かさんの代わりに、料理や洗濯したり、お掃除なんかもしてまーす♪」

「……できなくて、悪かったな」

居心地悪そうに呟《つぶや》く草次だが、奏としては双子だけでなく彼氏の面倒も見たいのだろう。家事ができなくてむしろＯＫと言わんばかりにクスクスと笑い続ける。

未仔には気になることがあるようで、小さな手で目一杯挙手する。

「伊豆見先輩の家に行き来してるってことは、奏先輩は親公認でお付き合いしてるんですか？」

「うん！　私とそーちゃんの家族公認で付き合ってるよー」

　これが目に入らぬかと、奏がポケットから鍵を取り出す。聞かずとも伊豆見家の合鍵なのは明白。

「家族公認……！　羨ましいですっ……！」

『家族公認』というワードが、未仔にとって魅力的なのはもっと明白。宝石や指輪でも見つめるかのように、まん丸な瞳をキラキラさせて合鍵を見つめ続ける。

　それは夏彦も同じで、思わず通い妻《みこ》を想像してしまう。

◆　◆　◆

　とある休みの日。夏彦が1人寂しく留守番していると、インターホンが鳴り響く。

　誰だろう？　と扉を開けば、

「えへへ……♪　通い妻しにきちゃった♪」

　何とも初々しい。エプロン姿の未仔が、買い物袋持参でご登場。

　通い妻らしく、甲斐甲斐《かいがい》しくも家事サービスのオンパレード。

キッチンで料理を作っている未仔が、

「ナツ君っ、カレーの味見してもらってもいい？　隠し味はすりおろしリンゴです♪」

小皿を手に嬉々《きき》とした表情で近づいてきたり。

庭で洗濯ものを取り込んでいる未仔が、

「ナツ君と同じ匂いだ♪　安心しちゃうなぁ〜……」

夏彦のシャツを愛《いと》おしそうに抱きしめていたり。

風呂場から出てきた未仔が、

「お風呂掃除、完了しました。えっとね……？　ナツ君のお背中流すのも手伝っていい、ですか……？」

顔を赤らめつつ、モジモジ&上目遣いで催促されちゃったり。

◆　◆　◆

「〜〜〜〜っ！　俺も未仔ちゃんに通われたい……っ！」

一連の妄想からの悶絶《もんぜつ》は、もはやテンプレ。

心からの叫びが駄々洩《だだも》れれば、「私も通い妻しちゃう？」と言わんばかりに未仔が微笑んでくれる。「コイツ、きっしょ」と言わんばかりに琥珀がドン引いている。

夏彦としては、今日からでも未仔に通い妻してほしいし、何なら今すぐにでも妻になってほしい。

しかし、物事には順序がある。一人前の男になるまでは、「伴侶になってほしい」など口が裂けても言えない。

そもそもの話、今は脳内お花畑を咲き誇らせている場合ではない。

「なぁ草次。何で妹たちを迎えに行くって、ちゃんと教えてくれなかったんだよ」

怒っているというよりも、純粋な疑問だった。

「妹を迎えに行くから放課後は遊べない」と言えば済む話だし、隠し続けるほうが草次の最も嫌う面倒ごとな気さえする。

夏彦が真《ま》っ直《す》ぐ見つめ続ければ、観念したかのように草次はテーブルへと片肘つく。

そして、本音を吐露する。

「……恥ずいから」

「え？」

「なんかダサいじゃん。妹いるから放課後は遊べませんって」

思いがけない返答、目の前の草次の反応に、夏彦は驚く。

あの草次、自分が大人だと思っていた草次が、『恥ずかしい』、『ダサい』といった言葉を口にした。気だるいからでなく、恥ずかしさを隠すためにテーブルへと片肘ついている。

夏彦は当たり前のことに気付いてしまう。

草次もまた、自分と同じ高校生なんだと。

度合いの違いこそあれ、くだらない体裁を気にするお年頃なのだと。

自分たち同様、ちっぽけな体裁を気にする草次に、夏彦は失望した？

そんなわけがない。

「恥ずかしくないし、ダサくなんかないさ！」

「!? な、夏彦？」

声を張り上げる夏彦が、熱量そのままに草次へと急接近。

「胸張っていいくらいだって！ 忙しいご両親の代わりに、妹たちの面倒を毎日見てるんだから！ 仮にダサいっていう外野がいたら、そいつらのほうがダサい！」

思いの丈をぶつけるのは夏彦だけでない。

「そうですよ！」

彼氏に感化された未仔まで、面食らう草次へと前屈《まえかが》みに。

「いくら家族とはいえ、家族を最優先に行動し続けるのって難しいことだと思います！ 妹ちゃんたち最優先で行動し続けられるって、すごい素敵なことですよ！」

フィニッシュブロー。

「やっぱり草次はカッコいいよ！」「伊豆見先輩はカッコいいですっ！」

これでもかというくらい、完膚なきまでに夏彦と未仔は大絶賛する。

止めどない熱量をぶっ掛けられた草次は、何を思うのだろうか。

「夏彦と未仔ちゃん」

「？」

「近《ち》けー」

草次、目と鼻の先にいる2人に、相変わらずのクールぶりを披露。

「全く……。よくそんな恥ずかしいこと、お前らは仲良く言えるよな」

「ははは……」「……えへへ」

「褒めてねーから」

「……。すみません……」

「…………ふっ！　はははっ！」

「そ、草次？」「伊豆見先輩？」

どうしたことだろうか。クールな男がツボに入ったように笑い始める。

夏彦と未仔は、何が起こったか理解できない。

ぽかんとする2人に対し、目尻に溜《た》まった涙を拭いつつ草次は告げる。

「いやー、悪い悪い！　恥ずかしいことを堂々と言うお前らを見てたら、俺が気にしてたことって、スゲー小さいことなんだなって思えてさ！」

片肘つくのを止《や》めた草次は、堂々と白い歯を見せる。その笑顔はいつも通り、爽やかで晴々した笑顔だった。

顔を見合わせた夏彦と末仔も、直ぐに笑顔になってしまう。

「そそ。ナツと末仔ちゃんのバカップルぶりに比べたら、草次の悩みなんて小さい小さい」

琥珀が言うと本当に些細《ささい》な事に思えてしまう。

その証拠に、「久々に食べたけど、安定の美味《うま》さやねー」と動物の形をしたビスケットを双子と仲良くモグついている。

「アンタらは何食べてるん？」

「イヌー！」「ウシー！」

「ウチ、最強のライオンー！」

ガルルルル！　と琥珀がリアリティたっぷりな獣ボイスを披露すれば、ミッちゃんとサッちゃんも大はしゃぎ。ワンワン吠《ほ》えたり、モーモー鳴いたり。もはや動物園状態。

人の好き嫌いが激しいとはいえ、フレンドリーさは人一倍。琥珀の手に掛かれば、子供だろうと地底人だろうと、マブダチになるのに3分も不必要である。

夏彦と未仔は顔を見合わせた後、そのまま草次へと話しかける。

「見ての通り、俺たちでもミッちゃんとサッちゃんと遊ぶことくらいはできるからさ。今日みたいに皆で集まってこれからは遊ぼうよ」

「私もナツ君と同じ気持ちですっ。できることがあれば、是非お手伝いしたいです！」

今までの草次なら、2人の提案を断っていただろう。面倒なフリをしていただろう。

けれど、

「……まぁ、そうだな。たまにでいいから、コイツらの遊び相手になってくれたら俺も助かるよ」

「うん！」「はい♪」

ここまで馬鹿正直な友と、その彼女に踏み込まれてしまったのだ。

断る理由など何1つない。

「チャンス！　ナツに突撃や！」

「!?　ぐえっ……！」

ハッピーエンドも束《つか》の間《ま》。「いけ――――っ！」という琥珀の号令と同時、双子たちが夏彦へとダイレクトアタック。

「「ナッヒコ♪　ナッヒコ♪」」

背中に乗られたり、両手にぶら下がられたり。

琥珀に仕込まれたのか、重点的に左ボディをペチペチ叩《たた》かれたり、顎をポカポカ叩かれたり。

「おい琥珀！　こんな小さい子たちに肝臓《リバー》ブローとかアッパーを教えるなよ！」

「ええやないの。牛とかマグロとかの部位を説明してる絵本とかあるやん」

「人の弱点を教える絵本は絶対無い！」

キャッキャッはしゃぐ双子が、次のターゲットに選んだのは未仔。

「ひゃっ……！」「未仔ちゃん⁉」

予想外の攻撃だった。

「「フカフカ♪　フカフカ♪」」

右乳にミッちゃん、左乳にサッちゃん。

すなわち、未仔のたわわでボリューミーな胸に、双子が顔を埋めながらのハグを決め込む。むぎゅううううう〜〜〜！　と。

少々戸惑いを見せていた未仔だが、

「えへへ……♪　ミッちゃんとサッちゃんに抱き着かれちゃった♪」

双子の甘々攻撃を受け続けてしまえば、ほんわか笑顔になってしまう。

「いやはや。ナツのことやから、『未仔ちゃんのオッパイは、俺のものだ！』って泣き叫ぶと思ってたわ」

「そ、そんな小さくないわ！」

多少のジェラシーを感じていることは、口が裂けても言えない。

『小さい』のは夏彦だけではない。

「ほらほら。奏お姉ちゃんのところにもおいでー」

未仔の負担を軽減すべく、奏が双子の前へとやって来る。

普段の双子なら、奏が両手を広げたと同時に胸へ飛び込んでいただろう。

しかし、

「？？？　ミッちゃんとサッちゃん？」

まるで奏を拒絶するかのように、双子は首を横にふるふる。

一同が理解できない状況下、右にいるミッちゃん、左にいるサッちゃんが指差す。

未仔と琥珀のたわわでボリューミーな胸を。

「ミコ、フカフカ」

「コハク、フカフカ」

トドメというか、死体蹴り。

「「カナデねーちゃん、ペタペタ」」

「「「「…………」」」」

アットホームだったリビングに、極寒ブリザードが吹雪《ふぶ》く。

YES、奏 is ちっぱい。

キッズたちの言葉を翻訳するとすれば、『未仔と琥珀は、おっぱいが大きいから抱き心地が良い。奏姉ちゃんは、おっぱいが小さいから結構です』といったところ。

奏が断崖絶壁とは言わない。けれど、スイカやメロンといった兵器《ウエポン》を搭載する未仔や琥珀と比べてしまえば、あまりにも奏の兵器は乏しいわけで。

「き、気にしてること言われた……！」

エプロン越しに慎《つつ》ましき胸へ手を当てる奏は悲壮感たっぷり。

こんなとき、彼氏はどんな言葉を彼女に掛けるのがベストだろうか。

恋人歴の長い草次ならきっと知っているはずと、夏彦は視線を送る。

さすれば、視線の意図を理解しているかのように、フッと鼻を鳴らしつつ草次は言う。

「子供は正直だよな」

「そ、草次!?」

夏彦は思う。コイツはアホなのかと。

言わんこっちゃない。

「ソーチャン？」

おっとり眼《まなこ》なお姉さんは何処《どこ》へやら。

極寒ブリザードを操る雪女？　艶やかな黒髪を逆立たせ、眼光鋭く草次《ターゲット》に圧を掛け続ける奏がただただ恐ろしい。

「……トイレ行くわ」

デリカシーのない草次も、彼女の地雷を踏んだことを理解している。

「あっ！　逃げるなー！」

奏の叱責も何のその。草次は自宅のトイレ目掛けて一直線にフェードアウト。

先日のカフェにて、奏が語っていた言葉を夏彦は思い出す。

『そーちゃんは、夏彦君が思ってるほど大人じゃないと思うなー』

思い出してしまえば、自然と笑みも溢れてしまう。

本当にその通りだと。

そして、もう1つの言葉も思い出す。

『平日は私たちでミッちゃんとサッちゃんの面倒見てるんだよ？』

「ん……？」

思い出してしまえば、夏彦に疑問が浮かび上がってしまう。

3章：破局？　それとも……？

翌朝の登校中。

本日は夏彦《なつひこ》と未仔《みこ》だけでなく、妹の新那《にいな》を含めた3人編成。

妹の新那が、未仔のスマホ画面を眺めつつウットリ。

「いいな〜。にーなも双子ちゃんたちと遊びたかったなぁ」

可愛《かわい》くて仕方ないのだろう。夏彦たちが双子と遊んでいる写真を見ただけで、にへら〜と頬《ほお》を緩ませている。

専ら話題の中心は、草次《そうじ》の双子について。

新那にとっても、草次に妹がいるという情報はビックリニュースではある。

けれど、小動物や子供が好きだからか。はたまた、マイペースな性格だからか。

「小《ち》っちゃいなぁ〜♪」

双子の可愛さを知ってしまえば、草次が何故《なぜ》隠していたかなど、小っちゃきこと。

「ねーねー、ミィちゃん。どっちがミッちゃんで、どっちがサッちゃん？」

「右にいる子がミッちゃんで、左に立ってる子がサッちゃん。2人一緒にいるときは、決まってこの立ち位置らしいの！」

「へ〜！　お笑い芸人みたいで可愛いねー！」

2人が顔を見合わせれば、

「「ね〜♪」」

あどけない笑顔で一層大喜び。

『芸人＝舞台で立ち位置固定＝可愛い』という方程式に些《いささ》か疑問を抱く夏彦だが、同調する彼女を見てしまえば、そんな疑問など瞬溶《しゅんど》け。

それどころか、まるで双子のようにキャイキャイはしゃぐ2人の姿に、能天気な妄想だって湧き起こってしまう。

『もし未仔ちゃんが双子だったら、どうなるんだろう？』と。

◆◆◆

朝、待ち合わせ場所に向かえば、三つ編みがトレードマークの少女『たち』がお出迎え。

「「あっ♪　ナツくーん♪」」

瓜二《うりふた》つな彼女が2人、元気一杯に手を振って駆け寄ってくる。

そう、未仔Aと未仔Bである。

未仔Aが夏彦の右腕に寄り添えば、未仔Bが夏彦の左腕に寄り添う。まさに、両手に花《みこ》。

当然、愛される量は2倍。

昼休みになれば、両隣の未仔が各々作ってきてくれた弁当を振る舞ってくれる。

「ナツ君、あ〜〜ん♪　えへへ……、美味《おい》しいって言ってくれて何よりです♪」

「ナツ君、お口にケチャップ付いてるから拭かせてね。うんっ！　綺麗《きれい》になりました♪」

食べさせてくれたり、拭いてくれたり。まさに至れり尽くせり。

放課後になれば、同じ者を愛する故の喧嘩《けんか》もしちゃったり。

「今日は私がナツ君とデートするんだもん！」

「ずるいよ！　私だってナツ君とデートしたいもん！」

「「ナツ君は私のもの〜〜！」」と両隣の未仔が、ヌイグルミさながらに夏彦の腕を引っ張ったり抱き寄せたり。

ついには、頬をパンパンに膨らませた2人に問われてしまう。

「「ナツ君は、どっちの未仔が好きなの!?」」

◆◆◆

「〜〜〜〜〜〜！　どっちも大好きです……っ！」

「ナツ君!?」

朝からおめでたい男である。

彼女に頭の緩さ加減を心配されれば、悶絶《もんぜつ》している場合ではないと、バカレシは必死に弁明。

「ごめんね！　もし未仔ちゃんが双子だったら、可愛すぎて選べないなって！　あっ！　双子だから可愛いってわけじゃないから！　今現在の未仔ちゃんだって最強に可愛いから！　止《とど》まるところを知らないから！」

「う、嬉《うれ》しいよ？　けど、町の真ん中で褒められるのは、すごく恥ずかしいです……！」

夕暮れ時、誰もいないベンチなどで、愛を囁《ささや》かれてみたい未仔ではあった。

どうしようもない兄の代わりに、「ミィちゃん、夏兄が気持ち悪くてゴメンね？」と、妹兼親友の新那が手を合わせる。

「ぐっ……！　否定できない自分が情けない……！」

「夏兄はミィちゃん大好きなの分かるけど、周りが見えなさすぎるのもどうかと思うな」

「!?　そんなこと――、」

そんなことないと否定しようとする夏彦だが、未仔と過ごす日々を回想してしまえば、口を噤《つぐ》んでしまう。

やっと捻《ひね》りだした言葉は、

「な、何か文句あるかコラァ！」

「開き直られた……」

「未仔ちゃんが大好きで何が悪い！」と胸を張る始末。

「別に文句も無いし、悪いとも思わないけどさ」

「思わないけど何だよ」

「ミィちゃんの写真見ながら一生デレデレするのはどうかと思うよ？」

「ふぁ!?」「へっ!?」

不意打ちにビックリ仰天な夏彦、初耳情報に面食らう未仔にもお構いなし。

壱撃目。

「この前も幸せそうに鼻の下を伸ばしながら、中学時代のミィちゃんの写真見てたよね？『世界一エプロンが似合うのは未仔ちゃんだ！』って」

弐撃目。

「他にもだよ。ミィちゃんの中学時代の先輩と、ＬＩＮＥでミィちゃんの写真とか思い出話共有してたよね？『未仔ちゃん可愛い！』って声、にーなの部屋まで響いてたよ？」

トドメ。

「恋人同士だし、スマホのロック画面がミィちゃんとの2ショットなのは良いと思うよ？　けど、暗証番号が3535《ミコミコ》はさすがに──、」

「恥ずかしいから、もう止《や》めてぇぇぇぇぇぇ────！」

夏彦、木《こ》っ端《ぱ》微塵《みじん》。

未仔を好きな気持ちに嘘《うそ》偽りはないが、彼女を愛しすぎていることがバレるのは、死ぬほど恥ずかしい。羞恥の極み。

一方その頃、未仔ちゃん。

「〜〜〜っ！」

どうしたことか。夏彦に負けじと、顔を押さえて大悶絶。

恥ずかしいのは、愛され過ぎているから？　愛が重すぎるから？

否。

（わ、私もナツ君と同じことしちゃってる……！）

アンサー。夏彦と行動が丸被《かぶ》りだから。

夏彦とのデート写真を眺めてニコニコしたり、夏彦の面白エピソードを琥珀《こはく》にこっそり教えてもらったり。当然の如《ごと》く、ロック画面は夏彦との2ショット写真。

暗証番号が、7215《ナツヒコ》なのはココだけの話。

※　※　※

「頼む！　傘井《かさい》と伊豆見《いずみ》！」

「マジ頼んます！　傘井っちとイズミン！」

朝のＨＲ《ホームルーム》前。後生の願いと言わんばかりに、夏彦と草次に両手を合わせる男が２名。

男たちの名は、塩谷《しおや》と逆瀬《さかせ》。

塩谷は身長が高いし、顔立ちも整っているほうだろう。所属するバスケ部でも期待のエースと称されている。

けれど、

「ウチのバスケ部、夏休み返上なんだって！　それまでに一夏《ひとなつ》の思い出が欲しいんだよ！　可哀想《かわいそう》だと思うだろ？　思わなくても思え！　てか、同情するなら出会いをくれ！　……マジで」

今年こそ県予選突破を掲げているバスケ部なだけに、出会いが無いようだ。

逆瀬は少々チャラさが目立つが、今風なトレンドを取り入れた雰囲気イケメン。

けれど、

「今年の夏は、爺《じい》ちゃん家《ち》行って、畑の手伝いしなきゃダメなんよ！　このままじゃ、俺の青春の１ページ、ピーマンとかトウモロコシむしるだけで終わるんよ！　野菜の詰め合わせで手を打ってくれ！　スイカも持ってけ泥棒！」

　チャラい男は、農家の跡取り息子。畑はド田舎にあるだけに、向こうでのボーイミーツガールなイベントは既に諦めている。

　だからこそ、

「「頼む！　俺らと一緒にプールへ行ってください！」」

　夏休みに入るまでに、女子との思い出を作りたい、あわよくば彼女を作りたい。

　水着姿ではしゃぐ美少女たちを目に焼き付けたい。

「伊豆見が来てくれれば、クラスの女子たちも行くって言ってんだよ！」

「傘井っちが来てくれれば、冴木《さえき》ちゃんも来てくれる可能性大っしょ？　あのグラマラスボディを拝みたいんよ！　スイカ２玉は男の浪漫《ろまん》！」

　清々《すがすが》しいまでの欲望やら煩悩をさらけ出す２人に対し、リア充である草次や夏彦は手を差し伸べるのだろうか。

「やだよ」

「俺もごめん！　休日は未仔ちゃんとデートする予定だから！」

「「……」」

草次と夏彦、非リア充を一蹴。

バスケが忙しいとか、畑の収穫時とか知ったこっちゃない。

「……リア充、嫌い」

背を向けて歩き出す2人の背中が寂しい。

そんな様子を見ていた女子たちがキャイキャイ。

「はーい！　私たちだけでプールけってーい♪」

「クラスの男子いないし、ちょっと挑戦した水着にしよっと！」

「早速、今日水着買いに行っちゃう？」

「行こ行こ！　女子だけのプールって気兼ねしないし、それはそれで楽しんだよね〜♪」

「「「分かる〜〜〜♪」」」

女子会ｉｎプールが決まったことを心から喜んでいる模様。

「塩谷と逆瀬に悪いことしたかな？」と思っていた夏彦だが、どっちもどっちだったんだなと苦笑い。

「必死に頼まれるのって、結構面倒だろ？」

「あはは……。まだWデートの件、根に持ってます？」

「元から恨んではねーよ」

鼻で笑う草次は、本心から言っているのだろう。気にする素振りも見せずに、買っていたボトルコーヒーを傾ける。

飲んでいるのが普段通りのブラックなだけに、夏彦はちょっと頬《ほお》を緩ませてしまう。

「何ニヤニヤしてんだよ」

「ごめんごめん。当たり前なんだけど、無理してブラックコーヒー飲んでたわけじゃないって分かったからさ」

「お前と一緒にするなよ」

「お、俺のことはいいじゃないか！」

「ははっ！」

ちょっとイジったはずが、まさかの10倍返し。

子供っぽい一面があるとはいえ、やはり自分たちよりもずっと大人びている奴《やつ》なんだなと夏彦は再認識させられる。

「なぁ、草次」

「ん？」

再認識したからこそ、ようやく意を決することができる。

「Wデートのことなんだけどさ」

「却下」

「そ、そうじゃなくて！」

「じゃあ何が違うんだよ？」

「行く行かないの話じゃないってこと！」

眉根を寄せ続ける草次へと、夏彦はずっと気掛かりだった質問を問いかける。

「デートできない理由が、もっと別にあるんだよね？」

※　※　※

夏彦があまりにも真剣だったからか。はたまた、夏彦の言っていることが事実だからか。

ＨＲまで少しだけ時間があることから、夏彦と草次は教室からベランダへと移動する。

開いた窓からはクラスメイトたちの喧噪《けんそう》が聞こえてくるが、中にいるよりはずっと互いの声が聞き取りやすい。

青々とした空を眺めることなく、草次は単刀直入に尋ねる。

「で、何で理由が別にあるって思ったんだ？」

「だって、草次の両親って土日は休みなんだよね？」

「？　……確かにそうだけど、そんな話した覚えないぞ」

「話してなくても大体分かるよ。奏《かなで》さんが、『平日は私たちでミッちゃんとサッちゃんの面倒見てる』って言ってたし」

疑問から驚きへと表情を変える草次に、夏彦は続ける。

「土日はご両親が面倒見てるってことでしょ。となれば、草次は基本フリー。にも拘《かかわ》らず、俺や未仔ちゃんとのWデートとか、塩谷や逆瀬からの誘いも断る。何か裏があるとしか考えられないよ」

「……。お前って、小さいことに気付くの得意だよな」

「人を小姑《こじゅうと》みたいに言うの止めてくれません……？」

空気を読み過ぎる故に研ぎ澄まされた洞察力は、お人好《ひとよ》しな男の特技といっていい。

今の今まで、学校生活に馴染《なじ》むため、平々凡々な自分を全うするために、人々の顔色を夏彦は窺《うかが》い続けてきた。

「今は喋《しゃべ》らないほうが良いな」とか、「困ってるのかな？　俺に何かできることはないのかな？」とか、「誰もしたくないなら俺が立候補しよう」とか。

自分でもウンザリするぐらいのキョロ充っぷり。

しかし、1人の少女との再会によって、夏彦の価値観は大きく変わった。自分の行動に自信を持てるようになった。

そう、未仔だ。

「ナツ君は人の気持ちを誰よりも汲《く》むことができる」と、とびっきりの笑顔で言ってくれるのだ。

大好きな未仔の言葉を否定なんてできないし、仮に違うとしても、彼女が想う理想像を目指すに決まっている。

だからこそ、距離の計り方が難しい友にも臆せず歩み寄りたい。

「彼女の奏さん、家族のミッちゃんやサッちゃんよりも大切な用事って一体何なのか教えてくれよ」

「……」

夏彦の熱っぽい眼差《まなざ》しを浴び続ければ、草次は大きくため息づいてしまう。

そして、そのままベランダの手すりをゆっくり握り締めると、か細くも呟《つぶや》く。

「……誕生日」

「へ？」

「誕生日だからバイトしてんだよ」

「……へ？」

何ギレなのだろうか。

「〜〜〜っ！　もうすぐ奏の誕生日なんだよ！　だから、プレゼント買うために短期バイトで金貯《た》めてんだって！」

「ええっ⁉」

　予想外すぎる発言に夏彦が素っ頓狂な声を上げる。

　衝撃の真実もさることながら、『あの』草次が、耳が真っ赤になるくらい、息が乱れるくらい恥ずかしがっている。カメラに収めたら、草次ファンたちに高値で売れること間違いなしのレア顔。

　夏彦はハッとする。

「彼女よりも大事な用事じゃなくて、彼女を喜ばせるための用事ってこと？」

「……そうだよ」

「昨日、駅前の雑貨店で足を止めてたのって、奏さんに渡すプレゼントを探してたとか？」

「……悪いかよ」

「秘密にしていたのって、面倒なんじゃなくて恥ずかしいから――、」

「お前もう黙れ！」

　これ以上喋ったら殺すと、草次が夏彦の頬を力いっぱいつねる。

　痛いことは痛いのだが、つねられればつねられるほど、睨《にら》まれれば睨まれるほど笑みが零《こぼ》れてしまう。大人っぽいはずの草次が、あまりにも可愛《かわい》すぎるから。

　そんなことは口が裂けても言えないのだが。

「いいか？　このことは絶対誰にも言うなよ？」

「りょ、了解！」

「奏は勿論《もちろん》、琥珀には絶対だからな……？」

「も、勿論ですっ！」

　関西女に機密情報が流れれば、どうなるかくらい夏彦にも容易に分かる。

「草次が彼女にサプライズ？　ケラケラケラ！　行動イケメンすぎやろ！　って、元からイケメンやないか〜〜〜い！　ケラケラケラケラケラ！」

　何と分かり易《やす》い悪友なのだろうか。

「くそ……。誰にも言うつもり無かったのに……」

　自分でも柄にもない行動と分かっているだけに、草次は愚痴ることしかできない。

「もっと打ち明けてくれていいんですよ？」などと言えば、頬を千切られるだけでは済まされないだろう。

「何か、考えれば考えるほど腹立ってきたわ」

「ははは……。申し訳ない……」

「お前も働け」

「へ？」

「お前も一緒にバイトしろ」

「………。ええっ⁉」

　まさかの労働の強制。

※　※　※

　本日の放課後は、夏彦と未仔の2人きりで帰る日。すなわち、放課後デートをする日。

　2人にはＭＹブームというか、ＯＵＲブームがある。

　ブームの内容は、2人が幼いときに一緒に遊んだ公園や広場、神社の境内など、思い出の土地へと足を運ぶこと。

　今現在は、住宅街の中にある小さな公園へと来ており、まったりリラックスムード。

　夕焼けの柔らかな陽光を遮る、屋根付きベンチにて、

「ナツ君っ、ふわふわで美味《おい》しいね♪」

隣に座る未仔が、移動販売車で買ったメロンパンにご満悦。

夏彦としては、「君はふわふわで可愛いね」と叫びたいところ。それくらい、小さな口でメロンパンにパクつく未仔にキュンキュンしてしまう。もっとメロンパンを頬張って、食いしん坊なリスのような姿も見せてほしいくらい。

「？？？　ナツ君、どうかした？」

「い、いや！　メロンパン可愛いよね！　はははは！」

未仔と半分こしたメロンパンにかぶりつくが、色ボケすぎて味が分からず。

「ここ最近、リーズナブルな散歩デートばっかりだけど、未仔ちゃんは本当にいいの？」

「うんっ。私、ナツ君とお散歩デートするの、すっごく好きだもん」

ニコニコした表情を見てしまえば、ハキハキした声音を聞いてしまえば、本心で言っていることは容易に分かる。

お金の掛かる彼女は苦労するに違いない。けれど、全くお金も手も掛からない彼女も、それはそれで困ったちゃんなのかもな、と夏彦は考えてしまう。

そんな心配は、無用なのだろう。

「ナツ君となら、行ったことのないお店や場所に行っても絶対楽しめるよ。けどね？　こうやって一緒に過ごした、小さい頃の記憶をなぞる時間も掛け替えないの」

「！　未仔ちゃん……」

「当たり前なことだけど、『懐かしいね』って言いながら笑い合えるのって、2人一緒に過ごした日々が必要でしょ？　それって一朝一夕で手に入るものじゃないから」

最後に、未仔は元気いっぱいに言うのだ。

「だから、高校生なのに共有する思い出を持ってる私たちは、すっごく贅沢《ぜいたく》だなって！」

彼氏として、今すべきことは心配？　黙り続けること？

そんなわけがない。

「俺も！」

「！」

「俺も未仔ちゃんの言う通りだと思う！　うん……っ！　俺たちは贅沢な体験ができる幸せ者たちだ！」

大好きな彼女が、ここまで心を温めてくれたのだ。

溢《あふ》れ出る気持ちを我慢する必要などない。

夏彦が目一杯の笑顔を返せば、未仔のクリッとした瞳が見えなくなるくらい表情が和らいでいく。笑顔と笑顔が合わされば、より一層の笑みが生まれてしまう。

互いの考えが別々だからこそ仲の良いカップルや夫婦もいるが、夏彦と未仔に関しては一緒の考えだからこそ、仲睦《むつ》まじくあり続けるのだろう。

贅沢な幸せ者たちは、特権である思い出を共有していく。

「未仔ちゃん、あのブランコで靴飛ばし大会したの覚えてる？」

「勿論っ。ナツ君の飛ばした靴が、散歩中の大きなワンちゃんに取られちゃったんだよね」

「そーそー！　フリスビー遊びと勘違いしたみたいで、スニーカー咥《くわ》えたまま俺へとタックルしてきてさ！」

「そうそうっ！　ナツ君、宙に浮いちゃうくらい吹き飛んじゃったんだよね！」

「あのとき、『あ……俺、死んだ……』って本気で思ったよ！」

「私も！　『ナツ君がワンちゃんに轢《ひ》かれちゃった……？』って青ざめちゃった！」

「はははははっ！」「ふふっ……！」

衝撃的な事件も、今となっては笑い話。

それは何気ない話も変わらない。

四葉のクローバー探しをしていたら、未仔が五葉を見つけてしまったり、
できもしない縄跳びの三重飛びに夏彦が挑戦して、足をぐねってしまったり、
鍵を失《な》くした新那のために公園中を３人で探し回ったが、ランドセルの中にしまってい

たのを忘れていただけだったり。

同じような公園や広場で、似たような遊びや経験をした。

けれど、1つ1つの土地には、違った思い出が詰まっている。

「私たちが今座ってるベンチの下から、仔猫《こねこ》が出てきたのは覚えてる？」

「あ～、あったあった！　白い仔猫だったよね」

「うんっ。擦り寄ってきて可愛かったよね。にゃ～～んって」

「！」

思い出に浸っていた夏彦だが、彼女の猫真似《ねこまね》の愛くるしさにハートをズッキュン。

「も、もう1回！　もう1回鳴いてみて！」

「？？？　にゃ～ん？」

「3回連続短めに！」

「にゃん、にゃん、にゃん？」

「今度は長めのを――、」

余りにも夏彦の催促がしつこかったから？

「にゃ～～～ん♪」

「み、未仔ちゃん⁉」

否。

そっちがその気ならと、未仔猫、夏彦の膝へとダイブ。そのまま、膝枕攻撃を決め込む。

「にゃん、にゃん、にゃ〜〜〜ん♪」

（か、かわええ……！）

ねんねんころりとミコニャンニャン。

夏彦の膝に、頰《ほお》をスリスリとマーキングしたり、喉を鳴らす代わりに鼻歌を歌ったり。

小柄な身体を駆使して、未仔はスキンシップに勤《いそ》しみ続ける。

仔猫を演じるのは少々恥ずかしいのか、大好きな彼氏に膝枕できるのが嬉《うれ》しいのか、はたまた、彼氏に自分の髪を愛撫《あいぶ》されるのが落ち着くのか。

きっと全部なのだろう。

「こうやってナツ君に沢山甘えられるのも、お散歩デートの特権だよね♪」

「あはは……。俺としても、最高の特権としか言いようがないよ」

思い出話と同じくらいの特権に気付かされ、夏彦の表情は緩むばかり。

幸せは止《とど》まることを知らず。

「っ！」

夏彦の鼓動がさらに速まってしまう。

自分の膝でくつろいでいる彼女が、ゆっくりと手を広げてきたから。

まるで、「いーよ？」と言わんばかりに。

お誘いを受ければ、行動はただ1つ。

夏彦、手を広げる未仔へとゆっくりと近づいていく。

そして、口付けを交わし合う。

夕焼けに染まる静かな公園は、2人のためだけにあるような。

まだまだスマートにはできないし、恥ずかしさも感じてしまう。けれど、未仔を好きだと思う気持ちは日々募るばかり。今できる最大の愛情表現で、夏彦は未仔を感じ続ける。

キスをし終え、顔を離せば、

「えへへ……。今日はメロンパンの味だね……♪」

「う、うん……。すっごく甘い」

メロンパンが甘いのか、未仔が甘いのかは分からない。

分からないので、夏彦はもう一度、未仔を手繰り寄せる。

※　※　※

公園でたっぷり愛を交わし合った帰り道。

「ごめんっ！ どうしても外せない用事ができちゃったんだ！」

毎週末のお楽しみイベント、デートができなくなってしまったことを、夏彦は全力で未仔へ謝罪していた。

どうしても外せない用事とは、草次と短期バイトに行くこと。

必死に手を合わせる夏彦に、未仔は首を横にふるふる。

「そんなに謝らないで大丈夫だよ」

「未仔ちゃん……」

「『お休みの日は絶対デートしなきゃダメ』って決めごとを作ってるわけでも無いもん。ね？」

ウサギは寂しければ死んでしまうというが、同じ小動物系の未仔は、一日二日の愛が不足したとしても生きられるようだ。

「あっ。でもね？」

「でも？」

「ナツ君の用事が終わった後とか、お休みの前でもいいから、ちょっとだけ声が聞きたいなーって……」

「！」

「10分、ううん。5分だけでもいいから電話したいです。……しちゃダメ？」

照れ気味にも催促する未仔は、やっぱりウサギなのかもしれない。

「ダメなわけないよ！　1時間でも5時間でも電話しよう！　何なら今からしよう！」

夏彦はバカなのかもしれない。本気でポケットからスマホを取り出し始めるのだから。

「今は普通にお喋《しゃべ》りしよ？」と未仔にクスクス笑われ、ようやく我に返る始末である。

怒られたり、咎《とが》められたりすることは有り得ないと思っていた夏彦だが、断りを入れることができ一安心。

「どこかお出かけするの？」

「え、あっ……。う、うん！」

「？？？」

夏彦の声が裏返る理由。

『いいか？　このことは絶対誰にも言うなよ？』

草次に釘《くぎ》を刺されているから。

もし、草次とバイトに行くことを未仔に教えてしまったら、仲の良い奏に伝わってしまう可能性大。

「奏さんには内緒だよ？」と未仔にコッソリ教えるのも1つの手ではあるだろう。

しかし、秘密を秘密にしてもらうのは寝覚めが悪い。それに自発的ではないにせよ、自分を信じて秘密を教えてくれた草次にも悪い。

というわけで、

「ちょ、ちょっと野暮用《やぼよう》があってね！」

「そう、なの？」

「そうなんです！　ははっ！　はははは！」

夏彦は誤魔化《ごまか》すことを選択。

琥珀がいれば、「何がそんなにオモロいねん」と頭をはたかれるくらいの白々しさ。

とはいえ、「ナツ君、何ワロてんねん」と未仔がツッコめるわけもなく。

「そっか……」

野暮用の内容が気になるが、ナツ君にも事情があるのだろうと深い詮索はせず疑問を胸に留《とど》める。

（未仔ちゃんが寂しそう……！　めっちゃネタバレしちゃいたい……！）

彼女の奥ゆかしい態度に、夏彦は暴露したい気持ちに苛《さいな》まれてしまう。

永遠に内緒というわけではない。草次が奏にプレゼントを渡すまでの辛抱、そのときが来るまでの我慢だと、罪悪感を無理矢理《むりやり》に奥へと詰め込む。

そして、今の自分にできることに専念する。

「祭り！」

「祭、り？」

少しでも彼女を安心させたい、喜ばせたい。

未仔の両手を握り締め、夏彦は誓う。

「来週のみなと祭りは、未仔ちゃんと絶対行くから！　何が何でも！」

みなと祭りとは、夏彦や未仔たちの住む市内でも一番と言っていいくらい大きな夏祭り。

ずっと夏彦と未仔が、一緒に行こうねと約束していたデートである。

「その日は夏祭りデートを絶対に優先するから。ダンプカーに轢かれても、不治の病に侵されていても！　たとえ隕石《いんせき》が直撃したとしても絶対行くから！」

お前は不老不死かというくらいの滅茶苦茶《めちゃくちゃ》ぶり。

あまりにもオーバーな発言に、未仔は横断歩道を渡ることすら忘れて、大きな瞳をパチクリ。

「ふふっ……！　あはははははっ！」

「み、未仔ちゃん？」

「隕石が落ちてきたら、夏祭りどころじゃないよ！」

　未仔は腹から大笑いし、大真面目に発言した夏彦は面食らう。

　そんなポカンとする夏彦の腕へと、甘えたな未仔はくっついてしまう。惜しげなく腕へと頬や胸を触れ合わせてしまう。

「えへへ……。安心しちゃった」

「安心？」

「うんっ♪　私だけじゃなくて、ナツ君もお祭り楽しみなんだなって！」

「!!!　う、うん！　超楽しみに決まってるよ！」

「決まってるんだ♪」と未仔にニコニコされてしまえば、当然夏彦にもニコニコが伝染ってしまう。

　いつもの軽やかな足取りに戻り、青になった信号を2人して歩いていく。

　夏彦は改めて思う。

「やはり、未仔ちゃんには何時《いつ》でも笑顔でいてほしい」と。

※　※　※

　休日。すなわち、夏彦たちがアルバイトに勤しむ日。

草次に労働を強要されたものの、夏彦としては、この日を楽しみにしていた。待ちわびていたとさえ言える。

ドMだからというわけでも、地下労働施設でチンチロするのに憧れていたわけでもない。

人生初のバイト、社会貢献、勤労の義務。

それすなわち、未仔に相応《ふさわ》しい男に近づくということ。

短絡的、高校生ならではの思考かもしれない。けれど、『働いてお金を貰《もら》う』という行為は、義務教育中にはできない故、率先して挑戦したいというわけだ。

シンプルに財布を潤せるのも大きい。

未仔は「リーズナブルなデートでも気にしない」と言ってくれるが、やはり彼氏としては背伸びや良いカッコをしたい。水族館やアミューズメントパークは勿論《もちろん》、夏祭りで色々と美味《おい》しい屋台飯や流行《はや》りのスイーツを召し上がっていただきたい。

愛は金で買えないとはいえ、愛を育むためには少なからず金は要る。人生は世知辛い。

というわけで、夏彦は働く気満々。

大型レジャープールのスタッフ。それこそが、夏彦たちのバイトである。

流れるプールや超巨大バケツ、アスレチックゾーンなどとバリエーション豊富で、ウォータースライダーに至っては5種10レーンと滑り放題。天然芝や海を模したビーチもあり、恋人同士で来れば愛も語り放題。

レジャープール側としては、猫の手もとい高校生の手も借りたい。バイト未経験な夏彦も即採用というわけだ。

そんな夏彦が任された仕事は、浮き輪やビーチボールなどのレンタル受付係。蒸し暑い屋外テントの下、海パンにスタッフTシャツ姿で、えっちらほっちらと勤しみ続けていた。

今現在も水着お姉さん2人組の接客中で、

「あ、ありがとうございますっ！　浮き輪のレンタルはコチラでふっ！」

初のバイトで緊張しているのか。

はたまた、目前の水着姿なお姉様方にドギマギしているのか。

どちらもなのだろう。

働く気満々だからといって、スマートに働けるかは話が別。

右にいるモデル系お姉さん、左にいるロリ系お姉さんが眩《まぶ》しすぎて直視できない。

「バイト初めてなのかな？」

「は、はい！　初めてなんです！」

「リラックスして頑張ってねー♪」

「あ、あざまふっ――、ます！」

「めっちゃ噛《か》んでたね」「初々しくて可愛《かわい》い」などとお姉さん2人はクスクス笑いつつ、受け取った浮き輪を手にプールサイドを歩いてく。

（ど、童貞丸出しで、恥ずかしい……！）

夏彦、あまりの恥ずかしさに、仕事を放棄して巨大バケツの下で滝行したいくらい。

水着女子だらけの接客は、バイトデビューの夏彦には荷が重いのかもしれない。


だってしょうがないじゃないか。童貞だもの　なつひこ

一方その頃、隣で同じく働く草次は、

「お兄さ〜ん、このビーチボール膨らまして〜♪」

「電動ポンプあるんで、それ使ってください」

「使い方分かんなーい」

「じゃあ俺やりますから」

「やってくれるんだ！　お兄さん優しい～」

「一応スタッフなんで。あと、俺のほうが年下だと思いますよ」

「だって名前分かんないんだもん。あっ、そうだ！　ＬＩＮＥ交換しよ――、」

「プール楽シンデ下サイ」

「取りに行けポチ」と言わんばかり。草次は膨らましたビーチボールをふんわりサーブ。

ゆっくり弧を描くボールは、誰も人のいない遊泳プールの一か所へとピンポイントに着水。

体育のバレーでやれという話である。

「や～ん！　素っ気な～～～い♪」

塩対応が満更でもない水着女子は、ニッコニコ笑顔のまま走り去っていく。

勤務開始から3時間。何度この光景を見たことか。

「草次のバイト先って、ここじゃなくてホストクラブなんじゃ……」

「意味分かんねーこと言ってると、鼻の穴に空気針ツッコむぞ」

「こえーよ！」

鼻の穴を必死にガードしつつ、夏彦は思う。

「いくらバイトとはいえ、こんなモテっぷりを塩谷や逆瀬が目撃してみろ。嫉妬で死んでしまうぞ」と。

さすがの草次も、この炎天下の中ではアイスコーヒーよりスポドリを好んでしまう。文給されたウチワを扇《あお》ぎつつ、冷えたスポドリを豪快にグビっていく。

　イケメンと清涼飲料水のマッチング率が異常な件について夏彦が考えていると、

「てかさ夏彦」

「うん？」

「お前はいつまで水着女子に緊張してんだよ」

「……」

　童貞と水着女子のマッチング率も異常。

　悪い意味で。

「そ、そんなこと言ったってしょうがないじゃないか！」

　夏彦、見事なまでの開き直りっぷり。

「水着女子だぞ⁉　緊張するに決まってるから！」

「学校でも女子のスク水見てんじゃねーか」

「学校指定とは全っ然、違う！」

　日常では中高生時代までしか拝めないスク水だが、当の本人には見慣れた水着。スク水にはスク水の良さがあることに気付くのは高校を卒業してから。

平々凡々な高校生からすれば、ビキニというアイテムは刺激物以外の何物でもない。

ナイトウェアチックなレースタイプ、

アダルティな色気を醸し出すオフショルダータイプ、

可愛さを最大限に引き立てるフリルタイプ、

シンプルイズベスト。露出度高めな三角ビキニなどなど。

少な目布地も何のその。乙女たちは大胆かつ可憐《かれん》にも、夏の太陽や男たちの視線にも臆することなくプールでお戯れなさるのだ。

「普通に接客すればいいのは分かってるんだけどさ。テンション上がってキラキラなお姉さん方と目を合わせるのって、やっぱり緊張しちゃうんだよ……！」

「はあ」

恥ずかしいからといって、視線を下げても楽園《パラダイス》。

普段は絶対に拝めない谷間や乳神様であったり、純真無垢《じゅんしんむく》な白肌や健康的な小麦肌、キュッとしたウエストやら丸みを帯びたヒップ、細《ほ》っそりしたモモやムチッとしたモモなど。

頭のてっぺんから爪先まで、肌に流れる水滴すら殺傷能力が備わっている。

「俺みたいな小心者は、マガジンの巻頭グラビアだって恥ずかしくて直視できないんだよ！　自分の部屋以外では！」

「洞察力の高さに、こんな弊害があったとはな……」

キョロ充あるある。情報過多になると視線ブレがち。

いくら放任主義者の草次とはいえ、バイトの相方がこうも水着女子に対してポンコツなのは放っておけない。

仕事に支障をきたすから？

答えはＮＯ。自分に色恋を仕掛けてくる女子たちを少しでも夏彦に押し付けたいから。

「ここにいる女子全員、未仔ちゃんって思えばいいんじゃないか？」

「えっ。未仔ちゃんに？」

「よく言うだろ？　緊張してるときは、周りの人間をジャガイモと思えって」

ジャガイモを応用した『未仔ちゃん多重影分身案』。

「ここにいる水着女子全員、未仔ちゃん……」

何とも魅力溢《あふ》れる提案に、広大な屋外レジャープールを夏彦はゆっくり見渡してしまう。

さすがは未仔妄想検定十段といったところか。己の脳内お花畑フィルターを用いれば、辺り一面ミコミコパニックにすることなど造作もない。

見渡す限り、未仔・未仔・未仔。

流れるプールに注目すれば、沢山の未仔がどんぶらこ、どんぶらこ。

ウォータースライダーに注目すれば、「きゃ〜〜♪」と物凄《ものすご》い勢いで未仔が落ちてくる。

キッズゾーン、噴水広場に注目すれば、小さい未仔、ロリ未仔たちが水を掛け合って大はしゃぎ。


（な、なんだこの素晴らしき世界……！）

妄想は止まることを知らず。夏彦は、もし未仔が浮き輪をレンタルしにきた場合のことをイメージしてしまう。

◆◆◆

「ナツく〜〜ん♪」

ビキニ姿の未仔が、向こう側のプールサイドから元気いっぱいに駆け寄って来る。

たゆんたゆんっ、ぽよんぽよんっ。

未仔の柔らかくて大きな胸も、普段着から解放されて元気いっぱいに弾む弾む。

目の前にやって来た未仔は、スタッフと化した夏彦へと早速注文する。

「ナツ君、１つ貸してください♪」

「ええっ⁉　俺⁉」

「うんっ♪　ナツ君と沢山遊びたいから！」

　プールサイドの天使が、まさかのレンタル夏彦をご所望。

　断る道理などあるわけがない。「頂戴っ、頂戴っ」と両手を広げてくる未仔へと夏彦は歩み寄る。

　そのままに決意表明。

「ふ、不束者《ふつつかもの》ですが、ご自由に俺をお使い下さ——、」

「ダメッ〜〜〜！」

「え……？　——!!!」

　夏彦が驚くのも無理はない。未仔の後ろから、別の未仔が夏彦目掛けて飛び出してきたから。

　そう。夏彦を同じくレンタルしたい未仔Ｂが出現。

　まさかの未仔Ａ＆未仔Ｂのやり取り再来。夏彦の両手を左右の未仔たちが引っ張り合ったり抱きついたり。

　しかし、以前の妄想よりもエロス具合はケタ違い。

（な、生乳が……！）

　ＹＥＳ。未仔 ｉｓ 水着バージョン。

夏彦を取り合えば取り合うほど、彼女たちの露出された柔肌、布切れ1枚に支えられたおっぱいたちが、夏彦の二の腕やら肩やらに容赦なく幸せをプレゼント。

「私がナツ君と流れるプールで遊ぶんだもん！　1つの浮き輪に一緒に入るの！」

「私がナツ君とウォータースライダー滑るんだもん！　ナツ君の背中に沢山くっつくの！」

「ちょ、ちょっと2人とも慌てな――、」

「「やぁ～～～～！」」

一体、いつから未仔が二人だけだと錯覚していた？

「「「ずるいっ！　ナツ君は私のなんだもんっ!!!」」」

「う、うおう!?」

何ということでしょう。

未仔Aと未仔Bの奪い合いを見ていた大量の未仔たちが、夏彦求めてまっしぐら。

ロリ未仔、JD未仔、お姉さん未仔、ギャル未仔、白スク水未仔、ちっぱい未仔などなど。夏彦の全身という全身が、未仔に包まれてしまう。

まさに未仔パラダイス。

◆　◆　◆

「〜〜〜〜っ！　ダメっ！　全員未仔ちゃんだと幸せすぎて死んじゃう！」

「未仔ちゃんは逆効果か……」

悶《もだ》え喜ぶ夏彦を見てしまえば、『未仔ちゃん多重影分身案』失敗なのは丸分かり。

「俺が悪かった。未仔ちゃんは止めとけ」

「えっ……！」

「あからさまに落ち込むなよ……」

草次は呆《あき》れつつ、別案を提示する。

「だったら、琥珀はどうだ？」

「？？？　琥珀？」

「おう。スペック高いけど残念だろ？」

「た、確かに……」

失礼極まりない発言に夏彦は同意しつつ、またしても広大なレジャープールを見渡してみる。

最愛の彼女ではないとはいえ、琥珀は悪友。己の脳内お花畑フィルターを応用すれば、辺り一面、関西女パニックにすることなど造作もない。

琥珀、琥珀、琥珀。１つ飛ばして琥珀。１つ戻って琥珀状態。

遊泳プールに注目すれば、沢山の琥珀たちが個人メドレーでしのぎを削り合っている。

アスレチックに注目すれば、巨大な水鉄砲を持った琥珀たちが、チームに分かれてサバゲーで盛り上がっている。

温水ジャグジーに注目すれば、休日のオッサンと化した琥珀たちが、「いやはや～♪　いい湯加減やね～♪」と鼻歌まじりに、のほほん中。

（た、楽しみ方が年頃の女子じゃねえ……！）

妄想は止まることを知らず。大量の琥珀にウザ絡みされているところを夏彦は想像してしまう。

まさに琥珀ラッシュ。

「ナツ、見て見て！　日焼けで紐《ひも》跡くっきり！　って、何ガン見してんねん。思春期かっ！」

「浮き輪のレンタル？　要らん要らん。ウチ、乳で浮けるもん」

「なーなー。ナツってレンタルできる？　水鉄砲の的探してるんやけど」

「ナツをレンタルするのはウチや！　ボブスレーのソリ代わりに使う！」

「それめっちゃオモロそう！　ウチもナツボブスレーやりたい！」

大勢の琥珀たちが、夏彦をバーゲンセールの服の如く引っ張り合う。

　そして、一斉に言うのだ。

「「「「ナツは誰の玩具《おもちゃ》になりたいん!?」」」」

　妄想世界から帰ってきた夏彦は悶える。

「〜〜〜〜っ！　ダメっ！　全員琥珀だと過労で死んじゃう！」

　悶える理由。幸せだからではなく、苦しいから。

『琥珀多重影分身案』が採用されたのは言うまでもない。

※　※　※

　夕方前、最後の休憩中。

　温水ジャグジーで休憩する夏彦と草次の話題は、専ら奏に渡すプレゼントについて。

「えっ。まだプレゼント決めてないの？」

「別にいいだろ」

　夏彦は以前のことを思い浮かべる。未仔との初デート前、草次に電話で相談した時のことだ。

　あのときの草次も、彼女である奏が何処《どこ》に連れて行って欲しいか、何を求めているか分からないと言っていた。

「奏さんなら何でも喜んでくれると思うけど」

「俺もそう思うわ。クリスマスとか記念日のプレゼント、毎回喜んで使ってるし」

「へー」

「なんだよ」

「草次って素っ気なく見えて、マメにプレゼントあげるタイプ――、!? 痛ぁぁぁ！」

照れ混じり、もしくは八つ当たり？ ジト目の草次が夏彦の脇腹をつねり攻撃。ブクブク泡立つ水の中だけに、周囲の人間には気付かれない悪質プレー。

「あのな、夏彦」

「は、はひ……」

「長年付き合ってると、デート場所とかプレゼント考えるのって、結構苦労するんだぞ？」

「そう、なの……？」

夏彦と未仔の交際期間は3ヶ月と少し。草次と奏の交際期間は間もなく3年。

経験者に語られてしまえば、夏彦も聞き入ることしかできない。

「何処でもいいって言うくせに、『最近、映画ばっかりだね』とか、『海開き、もうしちゃったんだけどな』とか。『好きな場所でいいって言ったじゃねーか』って返したら、『そーちゃんは乙女心が全然分かってない』だぞ？ 分かんねーから、何処行きたいか聞いたんじゃねーか……！」

草次と奏では、どちらの発言力が高いのかは明白。

下から湧き立つバブルは、草次のマイナスな感情が原因なのかもしれない。

「毎年、誕生日とか記念日にプレゼントを贈り続けると、最終的に何をプレゼントしたら良いんだろうな。カタログとか商品券とかか？」

「それ、お歳暮じゃん……」

「お歳暮贈ったら奏にキレられることくらい分かってるさ。けど、毎回ポンポンとアイデアなんて浮かんでこねーって」

祝い事に何をプレゼントするか。長年寄り添った恋人や夫婦であればあるほど、ありがちな悩みではなかろうか。

ありがちだからといって、決して侮ることなかれ。

しょうもないプレゼントを贈ってしまえば、「ああ……。この人って昔からセンス無かったわ」と、嫁から『残念』という烙印《らくいん》を押されてしまうだろう。

記念日をうっかり忘れてしまえば御臨終。嫁が出勤前に毎朝渡してくれる弁当箱は５００円玉に変わってしまうだろう。

「ウチの親父《おやじ》、母さんとの結婚記念日に現金渡してブチ切れられてたわ。『その金でプレゼント買ってこい』だってよ」

「ははは……」

草次は父親似。

「草次の言いたいことは伝わったけどさ。長い目で見ると、まだ交際3年目じゃん。いくら何でもアイデアの枯渇早くない？」

「仕方ねーだろ。幼《おさな》馴《な》染《じみ》なんだから」

「ん？　幼馴染なんだから？　…………。あっ！　幼馴染だから、付き合う前から毎年プレゼントを——、!?　これ以上言わないからつねろうとしないで！」

夏彦、人畜無害を必死にアピール。草次の仕置きを、舌打ちに留《とど》めることに成功。

『お前に振り回される時間が勿体《もったい》ない』と言わんばかり。草次は大きく溜《た》め息づくと、昼過ぎの空をぼんやりと見上げる。

「ネックレス、香水、ヌイグルミ、化粧品、ポーチ、現金……、」

あーでもない、こーでもない。これは前に渡したとか、奏は興味なさそうだとか。これじゃ親父の二の舞だの。

まるで念仏や呪詛《じゅそ》。プレゼント案を呟《つぶや》けば呟くほど、草次の眉間に皺《しわ》が寄っていく。

いくらイケメンとはいえ、不機嫌そうにブツブツ呟く姿は中々に近寄りがたい。現に10

人は余裕で入れるであろうジャグジープールにも、夏彦と草次しか入っていない。

悩む友の姿を間近で見る夏彦は、どういった反応を取るべきなのだろうか。

一緒に悩む？　心配そうに様子を窺う？　そっとしておく？

どれも正解なのだろう。

けれど、夏彦の反応はどれでもない。

微笑《ほほえ》まし気《げ》に見守る、だ。


「あん？」

ついには、ニコニコと口角を上げていることが草次にバレてしまう。

「あのな。お前だって、他人事じゃなくなる日が来るんだからな？」

「ごめん、ごめん！　女子にモテモテな草次でも、かなり苦労してるんだなって」

「……悪かったな」

「それにさ、」

「それに？」

「こんだけ毎回悩んでるんだから、そりゃ奏さんもプレゼント気に入ってくれるわけだなって」

夏彦のバカ真《ま》っ直《す》ぐな言葉に、しかめっ面だったはずの草次の表情がキョトンとする。

そして、むずがゆそうに顔を赤らめる。

「……。相変わらず恥ずかしい奴《やつ》だな、お前は……」

「恥ずかしいこと言わせてるのは草次じゃないか」

「言ってろ」

「いぎゃ……！」

草次の両手から繰り出される水鉄砲は凶器。脇腹つねり攻撃が可愛《かわい》く思えるレベルで、夏彦を見事にヘッドショット。

双子たちと入浴する度に、せがまれているだけのことはある。

頭を打ち抜かれたゾンビは事切れるのがセオリーだが、あいにく夏彦はゾンビではない。

馬鹿は死んでも治らないを証明するかのように、ニコニコ笑顔のまま。

さすがの草次も降参といったところか。心なしか笑顔が感染《うつ》っているような気さえする。

「ついこの前まで、初デートの服装で悩んでた奴に諭されるとはな」

「別に諭したつもりはないって。てか、草次にもらったアドバイスと言ってること大して変わらないし」

心当たりありまくりな草次は、「そうだったかもな」と自嘲気味に呟く。

「結局、毎回渡すプレゼントって、奏が満足するものというより、俺が納得したもんって感じなんだよなあ」

「そこらへんの拘《こだわ》りは口出しできないけど、何か困ってることがあったら教えてくれよ。一緒に調べたり、買い物くらいなら付き合えるし」

「まぁそうだな。困ったときは相談させてもらうわ」

「！　ほ、ほんとに⁉」

「おう。未仔ちゃんに」

「未仔ちゃんかよっ！」

「ふはっ！」

孤立無援キャラからの協力要請が来ると思いきや、まさかのぬか喜び。

とはいえ、大した進歩なのだろう。今までの草次なら、協力要請どころか愚痴すら吐かなかったのだから。

愚痴なのか惚気《のろけ》なのか意見が分かれるところではあるのだが。

「あれ？　傘井君？」

「ほんとだ！　……え⁉　伊豆見もいるの⁉」

夏彦と草次が振り返る。

「あっ。久方《ひさかた》さんと沢北《さわきた》さんだ」

「偶然だねー♪」と微笑みかけてくるのは、久方涼花《りょうか》。

「伊豆見いるとか珍しい！」とラッキーハプニングに目を輝かせるのは、沢北朱莉《あかり》。

どちらも夏彦たちのクラスメイトである。

涼花はクラス委員長を務めつつ、所属する陸上部では好成績を収める文武両道系女子。今日も高めに結ばれたポニーテールが良く似合っているし、ワンショルダータイプのビキニがトレーニングの賜物《たまもの》である引き締まった肢体を存分に輝かせている。

朱莉はクラスでも一番目立つと言っても良い女子だろう。いわゆるギャル系で、本日はウォータープルーフのメイクで水対策バッチリ。トレンドをしっかり押さえたハイウエストなビキニも組み合わされば、ティーン誌でスナップされそうな華やかさがある。

涼花と朱莉が、「「こっちこっち！」」と手を振ってアピールすれば、同じく見覚えのある女子たちが遅れてやって来る。

2-Bの女子たちが水着姿で降臨。

サイドが紐《ひも》タイプであったり、ざっくり胸元が強調されていたり、ちょいハイレグだったり。「ちょっと挑戦した水着にしよう」と教室で盛り上がっていたのは、嘘《うそ》ではなかったようだ。

レジャープールあるある。水着女子、羞恥心薄れがち。

　夏彦が視線を泳がせてしまうのはキョロ充の性《さが》。ＲＰＧで同行する女キャラ全員を水着コスにチェンジさせてしまった背徳感さえ感じてしまう。

　そんな童貞丸出しな行動などつゆ知らず。朱莉がジャグジーへと片足を入れる。

「えっ！　入るの⁉」

「別に水着同士なんだからいーじゃん。てか、傘井は彼女いるのに、ウチらもやらしい目で見る感じ？」

「と、とんでもない！　俺は未仔ちゃん一筋だから！」

「だよねー♪」

　朱莉がケラケラ笑えば、もう拒まれる理由はないと、肩までしっかり入水。

「私もお邪魔しまーす」という涼花を筆頭に、他の女子たちも次々とジャグジープールへ。

ちょっと恥ずかしがっている女子でさえ、「これも一夏の経験だよねっ……！」と思い切って混浴チックなイベントに参加。

　あっという間に男子２人に対し、女子７人の豪華ハーレム風呂が完成してしまう。

　イケメンは勿論《もちろん》、フツメンにも需要があるらしい。

　涼花を含む恋バナ大好き女子３人が、リア充である夏彦の両隣へ。

「ねーねー！　傘井君の彼女って１年生だよね？　どこで知り合ったの？」

「え、えっと……。妹の小学生時代からの友達で、俺もちょくちょく一緒に遊んでた感じ、かな？」

「昔からの知り合いだったんだ！　いいな〜、私も年上男子から告白されたいなぁ」

「あ、いや……。未仔ちゃんのほうから、その……、告白してくれたんだよね……」

「「「マ!?」」」

「うおう!?」

夏彦のカミングアウトを引き金に、水着の女子3人がさらに目を輝かせて急接近。

熱愛報道の記者会見的な？

「彼女、超一途《いちず》じゃん！　何て告白されたの？」

「アタシ的には、傘井が何て言ってOKしたか気になる！」

「傘井君っ！　馴《な》れ初《そ》めをもっと詳しく！」

「〜〜〜〜っ！　恥ずかしいから、もう勘弁して！」

前々から人畜無害キャラの夏彦だが、彼女をゲットしたことで一層無害っぷりに拍車が掛かっているようだ。

一方その頃、草次。朱莉を主体としたＡＢＣＤ包囲網。

「伊豆見、肌キレー！　すべすべー♪」

「朱莉だけ触ってズルい！　ってことで、私にも触らせて〜♪」

「だったらアタシも！」「ついでにワタシも！」

「あのな……。俺にも彼女いるんだけど……」

草次としては牽制球《けんせいきゅう》を放ったつもり。

けれど、朱莉たちにとっては甘めの絶好球。

「あっ。伊豆見に彼女いても、ウチら全然平気だから！」

「は……？」

「ウチらにとっての伊豆見は、推しの俳優とかアイドルみたいな感覚なわけ。だから、『好き』っていう気持ちよりも、『尊い』の気持ちが強いんだよねー♪」

「「「ね――――♪」」」

「……。俺は安心していいのか……？」

呆《あき》れ気味《ぎみ》な草次の発言や視線も、草次ファンたちにはご褒美でしかない。

外野の野郎どもからすれば、ハーレムジャグジーに頭からダイブしたいだろう。

とはいえだ。いくら幸せシチュエーションであろうと、心に決めた彼女がいる夏彦にとっては心臓に悪いだけ。

故に、

（全員琥珀、全員琥珀、全員琥珀、全員琥珀、全員琥珀………！）

新技、『琥珀多重影分身』を披露。

披露するが、恋バナにヒートアップする水着女子たちの密着具合が凄《すさ》まじすぎる。

「なーなー、ナツは未仔ちゃんとチューしたん？」

「いやいやいや。付き合って3ヶ月経《た》つんやで？　チュー以上のことも……？」

「ナ、ナツっ！　そこらへんの恋愛事情ハヨ！」

（〜〜〜っ！　きょ、距離が近すぎて、このままじゃ誤魔化《ごまか》しきれない……！）

「ナツー、ナツー」と、肩やら腕をぐわぐわんシェイキングされ続ければ、全ての女子を琥珀へと変換《コンバート》することなど至難の業。琥珀ではなく、三者三様な水着女子へと戻りつつある。

ジャグジーが泡を発生させているのか、己が水を沸騰させているのか。

羞恥メーターが振り切れる寸前だった。

「ナツ、君……？」

「へ……？」

幻聴？　幻覚？

否《いや》。

「⁉⁉⁉　み、未仔ちゃん⁉」

振り向けば未仔がいる。

走馬灯があるのなら、夏彦の脳内は未仔だらけに違いない。

けれど、ジャグジープール上《うえ》から見下ろす未仔は、まごうことなき本物。

タンクトップビキニ、略してタンキニ姿。普通のビキニより露出が少ないとはいえ、恥ずかしがり屋な未仔としては頑張って冒険したのだろう。

タンクトップからは、たわわな胸は勿論、深々とした谷間も零《こぼ》れ落ちんばかり。長めの丈からは可愛らしいお尻がチラッと見えている。

体型を隠すためのタンクトップにも拘《かかわ》らず、かえって男たちの想像力を駆り立ててしまう、小柄な彼女のワガママボディ。男たちの下半身を殺す、歩く戦場兵器。

そんな最終兵器彼女を目のあたりにした夏彦は何を考えているのだろうか。

抱きしめたい？　水着姿を褒めたい？　他の男に見せたくはない？

答えは真っ白。

当たり前だ。水着女子たちに囲まれ、ハーレム状態の真っ只中《ただなか》なのだから。

さらに問題なのは、『未仔とのデートを断り、レジャープールに来ている』ということ。

この事実が組み合わさってしまえば、彼女には内緒で、クラスの女子たちとのプールを楽しんでいたようにしか見えない。

夏彦同様、未仔も頭が真っ白。

「え、えっと……。私は中学時代の友達と一緒にプールに来たんだけど、……ナツ君はクラスの人たちと一緒に来た、の……？」

「あ、い、いや……」

咄嗟《とっさ》に機転の利いた発言など、今の夏彦にできるわけもない。

一難去る前にまた一難。

「そーちゃん、これはどういうこと？」

「！　……奏」

草次がこの場所で最も会いたくなかったであろう奏まで姿を現してしまう。

夏彦と未仔が真っ白だとすれば、奏は真っ赤。

怒っているのは火を見るより明らか。拳を強く握り締め、唇はきつく結ばれている。力めば力むほど、くびれたウエストまで真《ま》っ直《す》ぐ伸びた黒髪が逆立つのではないかという不機嫌ささえ醸し出している。

心配する彼女《みこ》、憤る彼女《かなで》。気まずげなクラスの女子たち。

剣呑《けんのん》な雰囲気が周囲に漂えば、草次は大きく溜《た》め息づく。

アクシデントやハプニングが重なったものの、キッカケは自分。夏彦や未仔、自分や奏との関係性にヒビを入れてまで秘密にするような事ではない。

「あのな。俺と夏彦は別に遊びに来たわけじゃ――、」

「最近、土日に遊んでくれないのって、こういうこと？」

「は？」

「クラスの子たちと遊んでも別に怒らないよ。けど、毎回コソコソ遊ぶ必要なんてないんじゃない？」

「いや、だから――、」

「私が誘ってもプールとか海に絶対行かないくせに！　そーちゃんのむっつりスケベ！」

「はぁ!?」

　草次、むっつりスケベの称号獲得。

　さすがの草次も、不名誉すぎる称号に異論を唱えずにはいられない。

　何ならちょっとピキっている。

「胸の有る無しが原因でプール来たわけじゃねーって」

「有る無しって言い方止めてよ！　私だって小さいだけで有るもん！」

「子供かよ……。てか、胸のサイズ気にしてるのは、俺じゃなくて奏のほうだからな？」

「〜〜〜っ！　ほんっと！　そーちゃんにはデリカシーがない！」

「お前にはモラルがない」

「草次⁉　話が大幅にズレて――、」

「夏彦君は黙ってて！」

「ひゃい！」

　夏彦、二人の間に割って入ろうとするが、割って砕かれる。

　通常時の未仔ならば、夏彦と一緒に結託して仲裁に入っていたに違いない。

　しかし、今現在の未仔は、通常時とは程遠いセーフモード。

「……。……ナツ、君……」

　脳内メモリは現状把握に努めることで精一杯である。

「もうすぐ私の誕生日なのに！　そーちゃんはそんなことも覚えてないんでしょ！」

草次の目が見開く。

けれど、直ぐに物憂げな表情、退屈そうな表情に変わってしまう。

「……おう。覚えてねー」

「!?　な、何言ってんだよ草次！」

今の今までバイトに励み続けた理由や、彼女に渡すプレゼントを必死に考え続ける姿を知っているだけに、夏彦は慌てずにはいられない。

夏彦が慌てたところで、過去には戻れない。

「嘘《うそ》……」

内心では否定して欲しかった。にも拘らず、草次は肯定してしまった。

振り切れるには十分すぎた。

「〜〜〜っ！　そーちゃんのバカァァァァ————!!!」

涙目の奏がジャグジープールへと右足をツッコむと、豪快にも水を蹴り上げる。

引き締まった体幹、細くしなやかな脚線美から放たれる水塊が、草次の顔面にピンポイントに直撃。

水も滴るいい男を完成させるが、一向に怒りや悲しさは収まらない。

『これ以上、ここにいても腹が立つだけ』と、奏は未仔の手を握り締める。

「未仔ちゃん、もう行こ！」

未仔もハッ！　と、ようやく我に返る。

そして、丸くて大きな瞳を、夏彦や奏に行ったり来たりさせた後、

「そう、ですね……。皆のところに戻りましょうか……」

「み、未仔ちゃん……！」

未仔が選んだのは奏。

小柄な彼女の背中がみるみる遠のいていってしまう。夏彦は届かないと分かっていても手を伸ばしてしまう。

声を大にして叫んでしまう。

「み、未仔ちゃ〜〜〜〜ん!!!」

まるで、今生の別れ。

未仔が振り返っていた。けれど、離れ過ぎた今では、どんな表情や気持ちで見ているかまでは分からない。

※　※　※

バイトに戻った夏彦だが、以降の記憶が曖昧だったのは言うまでもない。

あれだけド緊張していた水着お姉さんを前にしても、「お姉さん？　ナニソレ美味シイノ？」状態。無心というか死んだ目で仕事をこなし続ける。悟りの境地。

それはそれでスタッフとしては有能だから皮肉なものである。


茜色《あかねいろ》に染まった夕暮れ時。人生初のバイトも終わり、夏彦と草次はシャトルバスに揺られていた。

夏彦は後部座席からぼんやりと車内を見渡す。興奮冷めやらぬといった印象で談笑する若者グループであったり、疲れ果てて寝息を立てる子供たちであったり。

勿論《もちろん》、未仔や奏の姿が見当たるわけもなく。

瞳の滲《にじ》みを、窓から差す西日のせいに夏彦がしていると、

「悪かったな。夏彦や未仔ちゃんまで巻き込んで」

「いや、誤解なわけだし草次のせいじゃ――、」

夏彦は思い出す。いくら誤解とはいえ、奏に対してちっぱい発言したり、誕生日を忘れ

たフリをしていたことを。

「……謝られる理由は大いにあるかも」

「だから謝ってんじゃねーか」

　苦笑う草次は、夏彦が何を思い出したのかを理解している。

　それでも納得がいかないことが己にもあるのだと、自身の太ももに片肘つく。

「だって腹立つだろ。俺がプールに来た理由を、自分の貧乳に結び付けてんだぜ？」

「……。返答しづらい発言されても困るんですけど……」

「『仮にお前が巨乳でもプールに来てたぞ』って皮肉を我慢しただけでも褒めてもらいたいくらいだ」

「ははは……」

「なんだよ。未仔ちゃんは胸大きいから無縁の話とか思ってんのかよ」

「お、思ってないわ！」

　まだツッコめる力は残っていることに安心したのか。草次は白い歯を見せてケラケラと笑い続ける。

　終着点、駅前のロータリーへと到着した夏彦たちは、乗客共々バスを降りる。

　草次は大きく背伸びしつつ、夏彦へと尋ねる。

「この後、どうする？　飯くらいなら奢《おご》るけど」

シンプルに夏彦は驚く。『あの』草次が、己から食事に誘ってくれたことに。

夕飯にしては少し早い時間帯とはいえ、今日一日のカロリー消費量を考えると腹もペコペコ。初めてのバイト体験故、色々と語り合いたい気持ちだってある。

けれど、

「ごめん！　今日はもう帰るよ」

夏彦の頭に浮かび上がるのは、やはり大好きな彼女。

今すぐにでも未仔に謝りに行きたいし、誤解を解きに行きたい。何より、一刻も早く不安を払拭してあげたい。

両手を合わせて謝罪する夏彦だが、草次としては予想どおりすぎる回答。

「気にすんな。未仔ちゃんとこ行くんだろ？」

「うん。直接会って、誠心誠意謝ろうかと……！」

「『バイトは草次に付き合わされた』って言えば、未仔ちゃんも許してくれるだろ」

「バイトしてたこと言ってもいいの？」

「そんなこと気にしてる事態でもないしな。けど、」

「けど？」

「俺がバイトしてた理由は伏せろよ？」

草次がバイトしてた理由。すなわち、奏に誕生日プレゼントを渡すため。

夏彦には理解できなかった。

というより、そうあってほしくなかった。

「それって、奏さんにプレゼントを渡すからだよね……？」

「……」

「そ、草次も――、」

「俺は謝らないぞ」

「っ！」

どこまでもお見通しだと、草次は夏彦の言葉を遮る。

「ガキっぽいって思うかもだけど、腹立つもんは腹立つからな」

「で、でもさ！」

「そもそも、心の整理が付いてない状態で謝られても嬉《うれ》しくないだろ」

正論なだけに、夏彦は言い返せない。

「俺だって誕生日くらい覚えてるっての」

「草次……」

小さく吐き出した言葉には、怒りや苛《いら》立《だ》ちの感情よりも、『拗《す》ね』が込められてるような気がした。

信用されていないのは自分に非があるからだと頭では分かっている。けれど、心では理解できていない。

『心の整理』という言葉を使ったのは、そういった理由だろうか。

夏彦は質《たち》が悪いと思った。子供っぽい意固地さを出すくせに、基本思考は大人だから。

同時に、自分がどうこう言って解決できるものではない歯がゆさも感じる。

「ほら、さっさと行け」

「う、うん……」

いつもの余裕たっぷりな笑みで手払いされてしまえば、夏彦も頷《うなず》かざるを得ない。

駅前で草次と別れた夏彦は、駅のホームでスマホと睨《にら》めっこしていた。

『都合が良いタイミングで大丈夫なので、電話させてください』

この一文を未仔に送信したいのだが、中々に心の準備ができず。

まるで自爆ボタンのスイッチのような。押してしまえば、「未仔と過ごしてきた幸せな日々が吹き飛んでしまうのではないか」と良からぬ想像までしてしまう。

「まだ友達と遊んでいるかもしれない」「日を改めたほうが良いかもしれない」「長文のほうが印象が良いかもしれない」「連絡が来るのを待っているほうが良いかもしれない」

様々な『かもしれない』案が浮かんでくるのだが、どれも自身のネガティブさから来ているのは丸分かり。

何度目かの構内アナウンスが耳に入ってきたタイミング。

「ええいっ！　何を今更！」

夏彦は意を決する。この時間が勿体無《もったいな》い、何もしないことが一番ダメなことなんだと。

勢いそのまま、指紋がクッキリ付くくらい、送信ボタンへと親指を押し付ける。

「うお!?　早っ！」

神頼みする間も与えないほど。1分どころか10秒も掛からないうちに、メッセージに既読が付いたではないか。

さらには、

「電話!?」

この時が来るのを待っていたかのように未仔からの着信が入る。

ベンチに座っている場合ではない。夏彦は反射的に立ち上がると、通話ボタンをタップ。

「も、もしもしっ！」

『あっ……。今って、大丈夫だった？』

「全然大丈夫だよ！」

数時間前にも会っていたにも拘《かかわ》らず、とてつもなく久々な気がしてならない。

声を聞けたのに安堵《あんど》より不安が勝ってしまうのは、未仔の声に戸惑いを感じているからだろう。

『えっとね……、』

「う、うん」

『今から会える、かな？』

※　※　※

外では話せないような大事な話をするからか。未仔が指定した場所は自分の部屋だった。

地元の駅へと降り、その足で未仔の家へと夏彦は急ぐ。

そして、今現在は神崎《かんざき》家の門前。

度々遊びには来ていた。けれど、ここまでインターホンを押すことに緊張するのは、未仔父との死闘を繰り広げた日以来だろう。

深呼吸を1つし終え、夏彦はインターホンを押す。

鬼《ちち》が出るか、天使《みこ》が出るか。

「あ……」

現れたのは天使だった。

天使とはいえ、いつもの明るい天使ではない。

いつ帰ってきたかは分からないが、部屋着ではなく私服らしきワンピース姿。

少し濡《ぬ》れた三つ編みが、何処《どこ》へも寄らず真《ま》っ直《す》ぐ帰宅したことを容易に想像させ、夏彦の心臓をキュッと締め付ける。

「いきなり呼び出しちゃってごめんね」

「いや、俺の方こそ……」

ぎこちない否定をすれば、未仔は静かに微笑《ほほえ》みつつ家へと手招いてくれる。

「おじゃまします」と挨拶を終え、夏彦は玄関で靴を脱いでいく。未仔の両親は不在のようで、玄関にあるのは未仔の靴のみ。

「私、飲み物の準備してくるね。先に私の部屋で待っててくれる？」

「あっ。気を遣わなくても――、」

「ゆっくり話したいから。ね？」

「う、うん……」

言われるがまま、夏彦は階段を上りつつ未仔の部屋へ。

当然、いつものように寛《くつろ》ぐ気にはなれない。

緊張は嗅覚をも麻痺《まひ》させる。未仔の部屋から香ってくるはずの甘く華やかな香りが分からない。クーラーが効いた部屋にも拘らず、背中からはじんわりと脂汗も出てきてしまう。

ベッドに横たわる、クマのヌイグルミの視線も気になってしまう。

「そんなに睨むなよ……」

「何、未仔ちゃん悲しませとんねん」と言わんばかり。未仔一番のお気に入りヌイグルミ、ナッツにも睨まれている気がしてならない。

「ナツ君、開けてもらっていい？」

「あっ、はい！」

立ち上がった夏彦がすぐさま扉を開けば、氷がたっぷり入ったジュースやバラエティ豊かなクッキーをトレイに載せた未仔が顔を出す。

「ありがとね」と未仔が感謝すれば、自《おの》ずと2人は小さなテーブルに向かい合って腰を下ろす。

久々に再会し、カフェで話し合ったときの緊張が蘇《よみがえ》る。

互いにモジモジ、ソワソワ。

未仔は少し濡れた髪を忙《せわ》しなく触ったり、大きな瞳でチラチラと夏彦を見たり見なかったり。

夏彦は夏彦で、意味無くコースターを動かしたり、ストローでチビチビとジュースを飲んだり飲まなかったり。

「ナツ君はカルピスで大丈夫だった？」

「も、勿論《もちろん》！　俺、カルピス大好きだよ！」

「……えっと、味は濃くない？」

「全然濃くないよ！　あっ！　薄いってことじゃなくて、好みの濃度ってことだから！」

「そっか。なら良かったです」

「そうそう！　良かった良かった！」

「……えへへ」

「あはは……！」

「「……」」

お通夜か。

そうツッコみたくなる、しらけっぷり。

いつものバカップル加減なら、カルピスの好みの濃さだけで小一時間は話せる。けれど、今現在は10秒弱。

夏彦は思う。

(いやいやいや。俺はいつまで頭真っ白なんだよ)

これ以上、最愛の彼女を悲しませるわけにはいかないし、悪い結末ばかりイメージして固まっている場合ではない。『大好きな彼女と歩み続けていきたいからこそ、今この場所にいるんだ』と己に強く言い聞かせる。

視線は自ずと、未仔の背後、壁に掛かったコルクボードへ。

ボードに貼られた写真は、夏彦と未仔の2ショットばかり。休日や放課後デート中に撮ったものが多く、1枚1枚目を通すだけで楽しかった時間が鮮明に蘇ってくる。

幼き頃、夏祭りで一緒に撮った思い出の写真だって、今もしっかり飾られている。

あのときは、迷子の妹を一緒に探しただけ。

けど今年は違う。夏祭りデートを一緒に満喫するのだ。

最高の思い出をまた1つ刻みたいからこそ、夏彦は覚悟を決める。

「あのっ!」

「!!!」

決意に満ち溢《あふ》れた夏彦の表情や声音に、未仔の小さな身体《からだ》がビクン、とはねる。

未仔も察したように、正していた姿勢をさらに正す。

そして、勢いよく頭を下げる。

「未仔ちゃん！　誤解を招くようなことをしてごめんなさい！」

「ナツ君！　勘違いしちゃってごめんなさい！」

「「へっ？」」

夏彦だけでなく、まさかの未仔も謝罪。

思わぬ共鳴に、顔を上げた２人はパチクリと見つめ合ってしまう。

「な、何で未仔ちゃんが謝るの？」

「……えっとね。ナツ君と離れた後、やっぱりおかしいなと思って、こっそり私だけジャグジープールに戻ってみたの」

初耳情報に驚く夏彦に、尚《なお》も未仔は申し訳なさそうに言葉を紡いでいく。

「ナツ君や伊豆見先輩はいなかったんだけど、ナツ君のクラスの先輩たちはまだ残ってて、真相を教えてくれたから」

涼花たちが弁明してくれたのだろう。

「『勘違いさせてごめんね。でも、傘井君たちとは偶然ココで出会っただけだよ』って」

「……その話、未仔ちゃんは信じてくれるの？」

「信じるよ」

即答だった。

未仔はゆっくりと微笑みつつ言うのだ。

「理由無しに私を傷付けるようなこと、ナツ君は絶対しないもん」

「っ！」

夏彦の心臓がまたしても強く締め付けられる。

今回は悲しさからくるものではない。彼女の健気《けなげ》さ、愛しさからくる心苦しさだった。

未仔の誠実な答えに対し、夏彦は何と答えるのだろうか。

「……よ」

「よ？」

「良かった〜〜〜…………！」

「ナ、ナツ君？」

腰が抜けたと言えるくらい。安堵の息を盛大に洩《も》らしつつ、夏彦はカーペットへと倒れ込んでしまう。

心配そうに顔を覗《のぞ》き込んでくる未仔に、本音を打ち明けていく。

「ずっと最悪なことばかり考えてたんだ。『もう別れよう』と言われちゃうかもって」

「⁉　そんなこと——、」

「未仔ちゃんを悲しませることをしちゃったのは事実だから。彼氏失格な行動だよ」

いつまでも仰向《あおむ》けになっている場合でないし、自分ばかり安堵している場合でもない。

誠心誠意きちんと謝るべく、夏彦が立ち上がろうとする。

そうは問屋《みこ》が卸さない。

「失格なんかじゃないよ！」

「うおっ⁉」

立ち上がろうとする夏彦に、感極まった未仔が飛びついてくる。

「ナツ君は私の理想の彼氏だもん！」

「未仔ちゃん……」

「ずっと大好きなんだもん！」

尻もちづく夏彦に跨《またが》り、対面状態で思いの丈をぶつける姿は真剣そのもの。

『大好きだから理想』

具体的でないし、根拠にも乏しい。第三者からすれば何も分からない。

けれど、夏彦には彼女の熱い気持ちが目一杯伝わって来る。

当たり前だ。夏彦は第三者ではなく、未仔の彼氏なのだから。

理想の彼女が、自分のことを理想の彼氏と言ってくれている。

だとすれば、答えは1つしかない。

「俺、未仔ちゃんの理想の彼氏でい続けるために、これからも頑張るよ」

「！」

瞳を大きく見開く未仔の頭を、夏彦の手がゆっくりと何度も何度も撫《な》で続ける。「これからも、よろしくお願いします」という意味を込めて。

「ナツ君は私のこと許してくれるの……？」

「全く気にしてないって。そもそもの話、未仔ちゃんは何も悪いことしてないでしょ」

「そ、そんなことないよ！　ナツ君をココまで追い詰めちゃったから！」

「いやいやいや！　それは俺の自業自得だから！」

「違うよっ！　私のことを最優先に考えてくれたからだもん！」

「いいや俺が悪い！」

「ううん私が悪いの！」

「……」

「……」

「ははは！」「ふふっ！」

あまりにも馬鹿らしい罪の引き受け合いに、2人は声を大にして笑い合ってしまう。

なんと不毛な時間だ。お互いは元から怒ってなどいなかったのだから。

互いに笑顔が戻れば、それはバカップル復活の合図。

ずっと甘えたくて仕方なかったのだろう。未仔は夏彦に跨ったまま、ピットリと擦り寄るかのように抱き着いてくる。甘く華やかな香り、柔らかくて温かな感触が、これでもかというくらい夏彦を幸せへと誘《いざな》う。

「えへへ……♪　安心したら、ギュウしたくなっちゃった」

「お、お恥ずかしながら、全く同じこと考えてました……」

恥ずかしい者同士万歳と、コアラと化した未仔が夏彦を木に見立ててハグし続ける。

そんな甘えん坊なミコアラに、夏彦はネタばらし。

「俺、草次と一緒にレジャープールでバイトしてたんだ」

「バイト？」

「うん。未仔ちゃんに相応《ふさわ》しい男になるためには、社会経験を積むことも大事だなって」

少し前の自分同様、初耳情報に目を丸くする未仔に、夏彦は照れ気味に笑ってしまう。

「あとさ。来週の夏祭りデートを最大限に楽しんでもらうために、少しでも準備資金を蓄えたいなって」

「！　……ということは、ナツ君は私のためにもバイトしてくれてたってこと？」

「あはは……。　ネタばらしになっちゃうけど、そういうことかも」

格好がつかず申し訳ない、と夏彦は思う。

けれど、未仔は違う。

「み、未仔ちゃん⁉　……んっ——、」

驚く隙も与えてなるものかと、未仔が夏彦へと唇を重ね合わせてくる。

自分を喜ばせる夏彦が悪い、溢れ出る愛情を受け取ってもらわないと困ると、小さな身体で無我夢中にキスし続ける。

爪先から頭のてっぺんまで、彼女の愛情で満たされていく。未仔でいっぱい。

唇を離し、少し呼吸を乱しつつ、いつもの照れ混じりの笑みで教えてくれる。

「えへへ……♪　やっぱりナツ君は、私の理想の彼氏さんです♪」

この後、夏彦が理想の彼女を抱きしめ直したり、キスし直したのは言うまでもなく。

仲直り後のイチャイチャが激しく燃え上がるのは、ご定番である。

もとより、この2人は喧嘩《けんか》などしていなかったわけだが。

4章：バカップルでも問題ナシ

誤解も解け、いつもの仲良しカップルに戻った週明け。

「お騒がせして、本当にごめんなさいでした！」

朝一番の教室。プールでの騒動をどうしても皆さんに謝りたいと、夏彦《なつひこ》の隣にいる未仔《みこ》が一同に頭を下げる。

夏彦の予想通りだった。

「全然気にしてないよ！　というより、私たちのほうこそ不安にさせちゃってゴメンね」

「そそ。ウチらが紛らわしいことしちゃったのが原因じゃん」

涼花《りょうか》や朱莉《あかり》たちが怒っているわけもなく。

他メンバーの女子も同意見。「大丈夫、大丈夫」と和やかムードである。

未仔をさらに安心させようと、夏彦がにこやかに語り掛ける。

「ね、心配しなくて良かったでしょ？　ウチのクラス、個性的な人が多いけど、みんな友好的なんだよ」

真面目な優等生である久方《ひさかた》涼花、ミーハーなギャルである沢北《さわきた》朱莉。一見、相容《あいい》れなさそうな2人が親友同士というだけで、クラスの風通しがサラッサラなのはお察しの通り。

朱莉がニヤニヤと夏彦を見つめてくる。

「まー、確かに。どこかの誰かさんに比べると、個性的な人は多いかもねー♪」

「……俺のこと、薄いって言ってます？」

「あれれ〜？　ウチは傘井《かさい》が薄いなんて一言も言ってないケド？」

「は、はめられた！」

薄い男が喚《わめ》けば、周りの女子たちがドッと大爆笑。このシーンをカメラに収めれば、卒アルの1枚に載ること間違いなし。

ジャグジープールでも和気あいあいしていただけと確信してしまえば、未仔の表情も自然と笑顔になる。

笑顔になるだけでは済まされないようだ。

「ねーねー。未仔ちゃんは傘井君のどういったところが好きなの？」

「へっ⁉」「久方さん⁉」

涼花の思わぬ爆弾投下。ジャグジープールでの記者会見カムバック。

夏彦が恥ずかしがるように、未仔も小柄な身体をピクンッと跳ねさせたり、三つ編みを揺らしたり。

けれど、モジモジ、照れ照れしつつ、

「全部が大好き、なんです……」

「「「きゃ〜〜！　可愛《かわい》い!!!」」」

上目遣いで放たれる言葉は、まさに一瞬千撃。

「ひゃ……！」

『こんな可愛い子、愛《め》でたいに決まってる』と、女子グループが一斉に未仔を目一杯抱き締めたり、頭や喉元を愛撫《あいぶ》したり、未仔の柔らかホッペをプニプニしたり。

ＪＫグループが百合《ゆり》百合祭りでワッショイ。

記者会見は当然続き、

「強いて挙げるとしたら、傘井のどこが好きなの!?」

「す、すごく優しいところですっ。楽しいときは勿論《もちろん》、私が困ってるときでも隣で支えてくれるんです」

「小学生時代からの知り合いって聞いたけど、ずっと一途《いちず》に想《おも》い続けてたの？」

「ずっと、ですね。でも、『想い続けるだけじゃ何も変わらないな』と思い切って告白、……し、しちゃいました！」

「そんな大好きな彼氏へアツアツのメッセージをどうぞ！」

「アッアッ⁉　………。〜〜〜〜!!!　い、一生懸命尽くすので、私のことを幸せにしてくだしゃ――、ください！」

「「「可愛い〜〜〜〜♪」」」

もうお嫁に行けないと言わんばかり。羞恥に悶《もだ》える未仔が、するんっ、とJKの集団ハグから脱兎《だっと》。嫁ぎ先（仮）《なつひこ》のもとへとまっしぐら。

そのまま、真っ赤な顔を夏彦の胸へと押し付けつつ、

「大事なところで噛《か》んじゃったよう……！」

ひっしり寄り添われた夏彦の感想。

（幸せにしますとも……！）

未仔を大切にしたいという気持ちが、改めて沸き上がってしまうのは言うまでもない。

幸せに包まれる2人がいれば、嫉妬に苛《さいな》まれる2人もいる。

塩谷《しおや》と逆瀬《さかせ》である。

「傘井ばっかり良い思いしてズリぃ！　つーか、結局プール行ってんじゃねーか！」

「水着女子見て、金も入るバイトって何⁉　こっちは畑耕し続けても一銭も入んねーんよ⁉」

一夏のアバンチュールを経験したかった塩谷と逆瀬なだけに、目の前の勝ち組に噛みつ

かずにはいられない。

「謝罪を要求する！」

「ホンソレ！　自分だけ幸せでごめんなさいって謝って！」

「え、えっと……、俺だけ幸せでごめんなさい。……これでいい？」

「「…………。〜〜〜〜〜っ!!!　傘井大嫌い!!!」」

「えー……」

負け犬の遠吠《とおぼ》えほど、悲しいものはない。

恥ずかしがっていた未仔でさえ、「私も先輩たちに謝ったほうがいい……？」と夏彦に目で尋ねる始末。

「ただのやっかみだから。未仔ちゃんは無視しとけ」

夏彦の代わりに答えるのは、後ろの席で頬杖《ほおづえ》ついている草次《そうじ》。

当然、未仔の謝罪リストのトップはこの男。

草次のいる席へ小走りした未仔は、そのまま深々と頭を下げる。

「伊豆見《いずみ》先輩にもご迷惑をお掛けして、本当にごめんなさい」

「気にしてねーから、大丈夫だって」

「俺としては、夏彦と未仔ちゃんの関係が元に戻ったことに安心したわ」と、女子メンバ一同様、草次も軽く笑って流してくれる。

もとより誰も怒っていなかっただけに、未仔の謝罪会見は10分も掛からずフィニッシュ。許しを得るどころか、ただただ好感度が爆上がりするという珍妙な会見であった。

これにてハッピーエンド。めでたしめでたし。

となるわけがない。

「あ、あのさっ！」

「ん？」

「草次と奏《かなで》さんは仲直りできたの……？」

草次と奏の関係性問題。

謝罪会見よりこっちの問題のほうが、夏彦としては気掛かりだった。

夏彦だけでなく、未仔まで身構えて傾聴姿勢に入ってしまえば、「あー……」と草次は間延びした声を出す。

「昨日から連絡とってねー」

「「!?」」

あまりにもナチュラルに告げられる言葉に、夏彦と未仔どころか、女子グループたちでさえ固まってしまう。いくら恋バナ大好き女子とはいえ、破局ピンチな話題ともなればお通夜にもなる。

嫉妬にまみれていた塩谷と逆瀬でさえ、「え……。俺たち、本気で恨んでるわけじゃ……」と顔面蒼白《そうはく》。

固まっている場合ではない。夏彦は未仔と一緒に背を縮めてヒソヒソ相談会。

「ねぇ未仔ちゃん。奏さんはプールでの一件が誤解だってことは知ってるんだよね？」

「う、うんっ。『ナツ君と伊豆見先輩は、女子グループの先輩たちとは偶然出会っただけでした』って伝えたはずなんだけど……」

「そのときって、奏さんの反応はどんな感じだった？」

「えっと……。目をパッチリ開けてたし驚いてたと思うよ。そのあと、『そっか』って小さく呟《つぶや》いたの」

その場に居合わせていない夏彦としては、どういう意味で『そっか』と呟いたかまで分からない。

仮に居合わせていたとしても、奏と親しい未仔でさえ現状困惑しているのだ。結果は変わらなかっただろう。

せめてもの救いは、取り乱すような怒りを奏が抱いていないことくらいか。

疑問は残るものの、「少し歩み寄るだけで仲直りできるのでは？」と思うのが一般論。

一般人代表である夏彦は今一度、草次へと話しかける。

「誤解なわけなんだからさ。ここは草次のほうから――、」

「昨日も言ったろ。俺は謝らねーぞ」

頑固一徹。皆まで言わすんじゃねーぞと、草次に言葉を遮られてしまう。

「原因を作ったのは俺だけど、悪い方向に勘違いした奏にも非はあんだろ」

夏彦は先日、草次が別れ際の言葉の数々を思い出す。

『腹立つもんは腹立つ』『心の整理が付いてない』『誕生日くらい覚えてる』などなど。

さらには、『誤解だったのに謝ってこない』が追加されてしまえば、草次サイドから歩み寄ることは困難を極める。

「い、伊豆見っちは頑固だなー！　ウチの爺《じい》ちゃん家《ち》のカボチャくらい固いんじゃねーの？　ははははは――、」

「うるせーぞ逆瀬。カボチャで頭カチ割るぞ」

「酷《ひど》いっ！　農家の敵！」

ムードメーカーな逆瀬を以《もっ》てしても一蹴。不機嫌ムードクラッシャーの前では全く歯が立たない。

（どうしたもんか……）（どうしよう……）

夏彦と未仔は見つめ合うものの、見つめ合うだけでは時間が経過していくだけ。

ついには、タイムアップを知らせる予鈴のチャイムが鳴り響いてしまう。

救世主登場？

「いやはやセ〜〜〜フ！」

駆け足気味に教室へと入って来るのは、トースト代わりにウィダーを咥《くわ》える琥珀《こはく》。

そのまま勝利の美酒もとい、勝利のウィダー。キレイどころのお姉さんが缶チューハイを美味《おい》しそうにグビグビするＣＭかのように、あっという間に10秒飯を完了させる。

教室が気まずげな雰囲気に包まれていることなど知らない琥珀は、上機嫌にも夏彦たちのもとへ。

「いやぁ〜♪　ランクマも佳境に入って、ついつい夜更かしペクスが捗《はかど》ってまうわぁ♪」

「やっとマスター帯入ったんよ」と、おヘソがチラ見えするくらい惜しげなく背伸びする琥珀を見て、夏彦は思う。

（な、なんて気楽な奴《やつ》なんだコイツは……）

「ん？　皆揃《そろ》って、どないしたん？」

首を傾《かし》げられてしまえば、呆《あき》れて物も言えず。

※ ※ ※

授業を終え、放課後。

本来ならば、夏彦と未仔は一緒に帰りつつ、仲良く放課後デートを満喫する日だった。

しかし、当然ながら自分たちだけ幸せ気分に浸るような行為ができるわけもなく。

それは琥珀も同じようで、

「はてさて。ウチがランクマ回しとる間に、そんな事件があったとはなぁ」

いつものコンビニ前。ベンチに深々と腰掛ける琥珀は、買ったばかりのアイスキャンデイーを一齧《かじ》りしつつ、ぼやいてしまう。

休み時間、草次がふて寝している間に、夏彦から先日の一件は説明され済み。

事の発端である草次は、今現在、何をしているのだろうか。

「はぁ!? いやいいって！ 俺がミキとサキ迎えに行くから！」

3人から少し離れた位置にて、電話主と大揉《おおも》め中。

勿論《もちろん》、電話の相手は奏。

口論の内容は、どちらが双子を保育園まで迎えに行くか。

水掛け論なのは言うまでもない。

「だから！　奏は家に真《ま》っ直《す》ぐ帰っ――、…………。勝手に切りやがった……！」

結末は奏が無理矢理《むりやり》に迎えに行くで強制フィニッシュ。

「ひゃ〜。まるで離婚後、親権を取り合う夫婦みたいやねー」

「バ、バカッ！」「琥珀さん⁉」

琥珀のデリカシーゼロ発言を、ナツミコは口を塞いで全力で隠蔽工作を図る。

時すでに遅し。

「「「ひっ……」」」

言わんこっちゃない。地獄耳のイケメン、3人の座るベンチへとズン、ズン、ズン、と大股早足で急接近。

まるで獲物を見つけた捕食者《プレデター》。瞳はギラリと研ぎ澄まされ、整った顔立ちを『怒り』や『不機嫌』に歪《ゆが》ませる。

鬼滅の草次に、さすがの琥珀もバイブレーション。

「な、なんやコラァ！　ウチに八つ当たりする気か⁉　近付くなぁ！　ここここれ以上近づくなら、夏彦の命はあらへんぞぉ！」

「何で俺人質なの⁉」

「じゃかましい！　大人しくせんかい！」と、自身の腕と豊満なバストで夏彦の首を固定。

そのまま、こめかみへと齧りかけのアイスを突き立てれば、立てこもり犯と人質の関係が完成である。

とはいえ、庶民《なつひこ》の命など何の意味も成さない。

ついに草次が、震える琥珀ｆｅａｔ．ナツミコの目前へとやって来る。

「付き合え」

「はへ？」

予想だにしない発言に琥珀の目が点に。

「えっと……、悪いけどウチ、そんな尻軽女じゃ――、」

「琥珀ん家でゲームやらせてくれ」

「？？？　ゲーム？」

「おう。今日はとことんストレスを発散したい」

「……あ。ソーイウコトデスカ」

事情を察した琥珀は思う。

（夫婦喧嘩《げんか》して家飛び出した旦那ですやん……）

さすがのお気楽女子も、これ以上余計な発言はせず。

「菓子と飲み物買ってくる」と、不機嫌オーラを纏《まと》った草次がコンビニへと入って行く。

嵐が過ぎ去り、琥珀と夏彦は大きく嘆息。小動物な未仔に至っては、こてん、と事切れるかのように夏彦へと寄りかかっている。

「ふぅ……。てっきり、二度とコントローラー握れない身体《からだ》にされる思たわ……」

「確かに怖かった……。というか！　お前の行動が一番怖かったよ！」

「そんなことよりもやで」

「俺の命って一体……」と呟く夏彦をスルーしつつ、琥珀は続ける。

「ナツと未仔ちゃん的にはどうなん？」

「何がどうなんだよ」「？　何がですか？」

「あの２人は放っておいても仲直りできそうなん？」

内容を理解すれば、夏彦や未仔もすぐに表情を曇らせてしまう。

「うーん……。ぶっちゃけると、これ以上溝が深まるなら危ないかも……」

「私もそう思います……。ちょっとというか、かなり心配です……」

「まじかー」

琥珀は背もたれへと大きく仰《の》け反《ぞ》ってノックダウン状態。

打開策が浮かばない夏彦としては、琥珀にも縋《すが》る思い。

「琥珀的には、どうすれば良いと思う？」

「んー、ウチ？」

真っ青な空を仰ぎつつ、琥珀は即答する。

「知らん」

「「…………」」

少しは期待していただけに、こうもハッキリ言われてしまえば、むしろ清々《すがすが》しい。

さすがは悪友。夏彦の言いたいことをジト目だけで察してしまう。

「いやいやいや。前々から言うてるけど、恋愛だの色恋沙汰だのに全く興味ないから。そんなウチが草次と奏さんの復縁方法なんて思いつくわけないやん」

「納得のいく答えすぎる……」

「やろ？」と琥珀は肩をすくめる。

「てなわけで、バカップルのアンタらが分からんのなら、ウチにはもっと分からんわ」

「バカップル言うんじゃねー」

「ほうほう？　どこもかしこもイチャイチャしてるくせして、自分たちはバカップルではないと？」

「し、失礼な！　俺たちだってＴＰＯくらい弁《わきま》えてるから！」

夏彦の力強い発言に、少々恥ずかしがっている未仔も「ですっ」と頷《うなず》く。

さらに夏彦が声高々に宣言する。

「未仔ちゃんがどうしようもなく可愛《かわい》いときは、衝動が抑えられないけども！」

「１００バカップルやないかい」

「〜〜〜っ！　ナ、ナツ君っ……！」

琥珀がツッコめば、未仔も顔を押さえて赤面状態。バカップルは死んでも治らない。

野次《やじ》った自分に非があったと己に言い聞かせつつ、琥珀は残りのアイスを平らげる。

そして、腕組みしつつ「う〜ん……」と唸《うな》る。

「でもまぁ、あの草次があそこまで余裕ないんやから、タイムリミットは近いんやろな」

「そう、かも……」「ですね……」

「よっしゃ」

どうしたことか。何かを決意したかのように、琥珀は自分の両モモをペチンッと叩《たた》く。

そのまま、胸に拳を押し当てて宣言する。

「ココはウチに任せて、アンタらは奏さんとこ行き」

「奏さんのとこ？」「奏先輩のところ、ですか？」

「いや〜♪　人生で一度は使ってみたいセリフが言えるとはなぁ」と呑気《のんき》にケラケラ笑う琥珀だが、決して冗談で言ったわけではない。

「ゲームも人生も情報収集が大事やん？　せやから、一番不足してる奏さんの情報を収集してきいや」

「相変わらずのゲーム脳だな……。でも、案としては的を射《い》てる気がする……！」

「私もそう思います！　私だけじゃ気付けなかったことも、ナツ君と一緒なら分かることがあるかも！」

　夏彦と未仔は顔を見合わせると、意見は同じだと力強く頷く。

「さてと。『そうと決まれば、さっさと行き』って言いたいとこやけど、どうやって違和感なくこの場から抜け出すかやねー」

「あっ。……確かに」

　このまま抜け出してしまえば、奏のもとへ向かうのは丸分かり。余計、草次と奏の関係にヒビを入れてしまう可能性にも成り得てしまう。

　光明を見出《みいだ》すのは未仔。

「私に任せてください」

「「？」」

　夏彦と琥珀が首を傾げるのと同時、コンビニの自動扉が開く。

　ついには、買い物を終えた草次が戻って来てしまう。

「よし、じゃあ琥珀ん家に行――、」

草次がそのまま歩き出そうとしたときだった。

「⁉　みみみみ未仔ちゃん⁉」

夏彦がパニックになるのも無理はない。

未仔がいきなり、むぎゅううううう〜〜〜！　と横から抱き着いてきたから。

未仔の豊満かつ柔らかパイパイが、夏彦の腕をずっぽし包み込む。シートベルトやカバンの紐《ひも》ではなく、己の腕がパイスラの紐代わりになる。唐突な男の浪漫《ろまん》。

「伊豆見先輩ごめんなさい！　今日は私だけにナツ君を独り占めさせてください」

「独り占め？」

「は、はいっ。先日のお詫《わ》びも兼ねて、ナツ君にたっぷりご奉仕してあげたいんです！」

この場をフェードアウトするための口実なのは分かっている。

けれど、

（み、未仔ちゃんのご奉仕……⁉）

夏彦の脳内では、未仔が至れり尽くせりのご奉仕三昧。

メイド姿の未仔が、膝枕しつつ耳かきしてくれたり、手作りスイーツを食べさせてくれたり、子守唄付きで添い寝してくれたり。

挙句の果てには、メイド姿の未仔が、えっちらおっちらと衣類を脱ぎ始める。

何ということでしょう。未仔が身に纏っているのはブラやショーツではない。

そう、プールのときにお披露目《ひろめ》されたタンキニ水着姿。

フィニッシュブロー。モジモジと内股をこすりつつ、最愛の彼女がおねだりしてくる。

「ナツ君。ぱふぱふしても良いですか……？」と。

夏彦大悶絶《もんぜつ》。

「～～～っ!!!　そ、そういうわけだから！　俺と未仔ちゃんは、これにて失礼させていただきま――――す！」

燃え盛る顔面、表情筋死滅の夏彦が、未仔を小脇に抱えつつ全力疾走で消えていく。

唖然《あぜん》とする草次の隣で琥珀は呟く。

「やっぱりバカップルなんやなぁ」

※　※　※

夏彦と未仔が向かった先は、以前訪れた草次の家。

ではなく、草次の家から目と鼻の先にある一軒家。

奏の家である。

今現在はリビングへと案内され、腰を下ろしているのだが、

「ナツミコ♪　ナツミコ♪」

「ナツミコ♪　ナツミコ♪」

草次の双子の妹、ミッちゃん&サッちゃんは相変わらずテンションMAX。夏彦や未仔の周囲をぐるぐる回ったり、謎の踊りを披露したり。

「こらっ。お行儀良くしないと、おやつあげないぞー」

「「はーい！」」

エプロン姿の奏に注意され、双子たちはテトテトと自分たちの席へと腰下ろす。

そんな微笑《ほほえ》ましい光景に夏彦と未仔が癒《いや》されていると、奏はテキパキと人数分の小皿を並べ、チョコレートのたっぷりかかったドーナッツをひと皿ずつ載せていく。

「すいません。俺たちまでドーナッツご馳走《ちそう》になっちゃって」

「気にしなくて、いいのいいの。この前のお詫びも兼ねてだから」

『この前』の意味するものがプールでの一件なことは丸分かり。

「2人とも本当にごめんね。私たちの喧嘩《けんか》に巻き込んじゃって」

「と、とんでもない！　あんなもん、誰がどう見ても誤解しちゃいますから！」

奏に謝罪されてしまえば、夏彦も負けじと頭を下げてしまう。

さすがは夏彦の嫁。互いの膠着《こうちゃく》状態を緩和させるべく、夏彦の手を恋人握り。

そのまま、夏彦の腕へとぴっとり寄り添う。

「えへへ♪　この通りなので、私たちは全く怒ってなんかないです」

ひと悶着《もんちゃく》あろうが無かろうが、関係が修復できれば何も問題はない。

一層愛情が深まったラブアピールを目の当たりにすれば、奏はホッと胸を撫《な》で下ろす。

そのまま、クスクスと指を押し当てて微笑む。

「本当だね。いつもの仲良しカップルさんだ」

「はいっ！」「はいっ♪」

奏に褒められ、二人は見つめ合ってニッコリ。イチャイチャするのが我慢できないと、互いに半歩ずつ寄り添って一層のラブニケーションを図ってしまう。

調子に乗り過ぎた？

「それに引き換え、バカそーちゃんは……！」

「「……」」

幸せオーラを一瞬で覆いつくす、奏の禍々《まがまが》しいオーラ。

先程の草次に負けず劣らずのムッスリ加減に、さすがのバカップルもこのタイミングでイチャつくのはお門違いと、半歩どころか1歩分の距離を開ける始末。

ドーナッツを和気あいあいと食べていた双子でさえ、互いの口を塞ぎ合ってだんまりを決め込むのだから、泣く子も黙る恐怖仕様である。

茶の間が闇落ちする間際、ハッ！　と奏が我に返る。

「ご、ごめんね……。お見苦しいというか、お恥ずかしいところを見せちゃって……」

やはり、草次に対する不満の根は、結構な深さがあるようだ。

ビビッてしまったものの、ここまでは夏彦と未仔の予想どおり。

だからこそ、夏彦は笑顔で胸を張る。

「今日は奏さんが持ってる不満を、俺たちに思い切りぶつけちゃってください」

「えっ？」

羞恥から一変。目を見開いて驚く奏に、今度は未仔が優しく話しかける。

「溜《た》め込む必要なんて何一つないですよ。聞くことくらいはできますから、ね？」

二人がこじれる理由を調べに、夏彦と未仔は奏のもとにやって来た。

それでも、ただただ情報を入手しにきたわけではない。

少しでも奏の心を晴らすため、これ以上関係を悪化させないため。

お人好《ひとよ》しカップルの笑顔に、奏は思わず本音が零《こぼ》れてしまう。

「……聞いてもらってもいいの？」

「いいに決まってるじゃないですか。だよね、未仔ちゃん」

「はい♪ ドンと来いですっ！」

夏彦と未仔の頼もしすぎる、嬉《うれ》しすぎる発言に、

「〜〜〜っ！ 君たちは本当に良い子っ！」

「うおう⁉」「ひゃっ……！」

いつぞやの激しいスキンシップ再来。『こんなに健気《けなげ》な後輩たちを愛《め》でないでどうする』と、感極まった奏がテーブルを回り込んで、勢いそのままにダイビングハグ。

「くすぐったいですよう」とどこか嬉し気な未仔とは打って変わって、夏彦は大慌て。

「かかか奏さんっ⁉ 未仔ちゃんはともかく、俺はまずいですって！」

「え〜！ だって二人とも可愛いんだもん♪」

「可愛い君たちが悪い」と謎の理論を押し付けられれば、この流行に乗り遅れるわけにはいかないと、双子たちもハグ祭りに参加する愛らしさ。

そして、全力の愛情表現を終えた奏は、「よしっ」と大きく頷《うなず》く。

「？」

首を傾《かし》げる夏彦と未仔を尻目に、奏はキッチンへと小走り。

冷蔵庫から何やら取り出すと、抱えて戻ってくる。

そのブツは一升瓶の日本酒。

ではなく、ファミリーサイズのコーラ。

「お酒は飲めないけど、それっぽい飲み物のほうが気分出るでしょ？」

「「な、成程《なるほど》……！」」

「さーて！　たっぷり聞いてもらうから、覚悟してね？」

どれくらいの時間が経過しただろうか。

「信じられないよね！　休日に会ってくれないどころか、用事があるの一点張りなんだよ？　友達だけでなく、彼女にまで！」

奏、不平不満のオンパレード。

「『いちいち理由を聞くな、お前は俺の母親か』だって。酷くない⁉　私は貴方《あなた》の彼女でしょ！」

酔ってます？　いいえ、コーラなので素面《しらふ》です。

ＯＬ女子が立ち飲み屋でビールをグビるかの如《ごと》く。日頃の鬱憤まで飲み干してやろうと、奏はグラスに入ったコーラを飲むわ飲むわ。

「夏彦君、コーラおかわりっ！」

「奏さん……、もう5杯目――、」

「飲まなきゃやってられませんっ！　おかわりください！」

「は、はい喜んで！」

クソ雑魚店員《なつひこ》、酔っ払いチックな客《かなで》には逆らえないと、一升瓶の要領で奏のグラスへとコーラを注《つ》いでしまう。

グラスから零れ落ちそうな泡ごと、奏はグイッと一飲みし、

「ふぅぅぅ～……っ。しゅわっしゅわっ！」

「本当にアルコール入ってませんよね……？」

「入ってませ～～～ん♪」

テンションの高いお姉さんを、ちょっといいなと思えてしまうのが悔しいところ。

アルコールが無くても、人は酔えるのかもしれない。

絡み酒もとい、絡みコーラ。

「私も未仔ちゃんみたいにおっぱい大きかったら、そーちゃんもフラフラしないのかなぁ」

「「へっ⁉」」

まるでショーウインドウに飾られたトランペットを眺める少年のよう。

ぐで～と机に突っ伏す奏が、対面に座る未仔のボリューミーな双乳をガン見。

八つ当たりというか乳当たりというか。

「夏彦君は知ってる？」

「な、何をですか……？」

「未仔ちゃんのおっぱいって、プールに浮いちゃうレベルなんだよ？」

「！！！？？？」「か、奏先輩っ⁉」

夏彦は驚愕《きょうがく》。未仔は羞恥。

ちっぱい奏にとって、立派な胸を両手で隠そうとする未仔の行動が理解できない。

それどころか、初心で可愛《かわい》い後輩《みこ》を見てしまえば、先輩《かなで》としてはスイッチが入ってしまう。夏彦と話題を共有したい欲が点火してしまう。

「この子、本当にすごいのっ！　浮き輪もおっぱいでギュウギュウつかえちゃうくらいだし、プールから上がる度に毎回谷間に水たまりができるんだよっ！」

「浮き輪でギュウギュウ……！　谷間に水たまり……！」

奏のエキサイティングは止まらない。

「ジャグジーに入ったときなんて、ブクブクでポヨンポヨン！　でねでね！　くすぐったいから、ずっと両手で押さえながら入ってるんだよ？　すっごく可愛いよね〜〜♪」

「ブクブクでポヨンポヨン……！　両手でホールディング……！」

　脳内再生余裕。下から湧き出るバブルが、未仔のボリューミーな胸を容赦なく跳ね上がらせている。そんなエッチなバブルに抗《あらが》おうと、小柄な彼女が己のマシュマロおっぱいを一生懸命押さえている。

　フィニッシュブロー。

「未仔ちゃんが普通のビキニじゃなくて、タンキニを着てた理由は分かる？」

「？？？　えっと……、恥ずかしがり屋さんだから？」

「う〜〜ん、50点！」

　夏彦が首を傾げてしまえば、ニッコリ笑顔の奏が両手を差し出す。

　未仔へと。

「未仔ちゃん、正解をどうぞっ」

「わ、私ですか⁉」

　MCからの唐突なフリに、未仔がてんやわんや。

　当然、拒否権や黙秘権はあるのだろう。

　しかし、

「えっとね……？」

　彼氏LOVEな乙女が拒むわけがない。

モジモジと忙《せわ》しなく手指を動かしつつ、隣に座る夏彦へと向き直る。

そして、生唾を飲み込む夏彦へと未仔はカミングアウトする。

「……ナツ君以外の人に、裸を見られるのは恥ずかしいから、……です」

「!!!」

ナツ君以外。

それすなわち、『大好きな貴方になら、裸を見られても平気だよ』と同義。

（〜〜〜っ！　この子の可愛さがもうっ……！）

内なる夏彦、未仔を今すぐ抱きしめたい衝動が爆発寸前。2人きりなら間違いなくハグしちゃっていただろう。

対して未仔はどうだろうか？

恥ずかしいから席を外してしまう？　耳を真っ赤にしてその場で悶《もだ》えてしまう？

「!?　みみみみ未仔ちゃん!?」

「ジロジロ見ちゃ、やぁ……！」

答え。夏彦に全力ハグ。

『恥ずかし顔を見られたくはない。だったら、距離を詰めるまで』と、まさかの抱き着きを選択してしまう。

ダウン寸前。相手選手へとクリンチするボクサーと同じ発想。

夏彦と未仔はボクサーではない。恋人同士である。

抱きしめられてしまえば我慢できるわけがない。いつもどおり、ベストポジションにある彼女の頭をイイ子イイ子してしまう。バカレシの宿命である。

「ああ……。俺、幸せ過ぎて死んじゃうかも……」

「私は恥ずかしくて死んじゃいそうだようっ……！」

幸せムード、リア充は死んでも治らない状態に、奏はニコニコと微笑《ほほえ》まし気《げ》に眺める。

思わずポロリと本音が零れてしまう。

「いいなぁ。そーちゃんも夏彦君くらい、ハッキリ愛情表現してくれたらいいのに」

夏彦と未仔がハッ、とする。

自分たちが知りたい情報を今まさに聞いてしまったから。

愛し合っている場合ではないと、２人は奏のほうへ注目する。

夏彦は恐る恐る尋ねる。

「あ、あのっ！　奏さんは今も草次のことが好き、……ですか？」

嘘《うそ》を見破るのは難しい。

けれど、真実だと確信するのは簡単なことなのかもしれない。

「うん。大好き」

そう思えてしまうくらい、奏の言葉、笑顔には説得力があった。

説得力があるからこそ、未仔が身を乗り出してしまう。

「だ、だったら！」

「ただ怒ってるわけじゃないよ？　けどね。うーん……、何て言い方が正しいんだろ」

テーブルに突っ伏したままの奏は、右頬《ほお》に空気を溜めつつ、グラスから流れる水滴を指でなぞる。

行為の1つ1つに意味はないのだろう。にも拘《かかわ》らず、とても意味のあるものに感じた。

「『大好きだからこそ許せない』って表現が一番しっくりくるかも」

聞き入る2人に奏は続ける。

「私がプールで、そーちゃんに誕生日について聞いたの覚えてる？」

「は、はい」「私も覚えてます」

『もうすぐ私の誕生日なのに！　そーちゃんはそんなことも覚えてないんでしょ！』

草次が否定しなかったことも含め、特に夏彦は鮮明に記憶している。

「私ね、そーちゃんが『覚えてない』って言ったのは多分嘘だと思うの」

多分嘘。

その表現に夏彦は引っ掛かってしまう。

表情が分かりやすかったからか。はたまた、奏の察知する能力が高かったからか。

「100%嘘って言えない時点で、私も情けないよね」

「い、いや！　そんなことは……」

「ううん。ちょっと前の私なら、『多分』なんて言葉使わなかったもん」

奏が苦笑えば、感受性豊かな未仔は、まるで自分のことのように心を痛めてしまう。

心が揺らいでいることを知った夏彦は、ようやく全容を知れた気がした。

要するに、奏は心配なのだ。不安で仕方ないのだ。

大好きな草次に大好きと言われたい。安心したい。

ただそれだけ。

しかし、愛情の表現は人それぞれだし、誰しもが夏彦や未仔のようにストレートな表現ができるわけではない。

草次が最たる例だ。ここ1ヶ月ほどで、草次は大人っぽく見えて実は子供っぽい一面があることが分かってきた。器用に見えて不器用な男だということも。

このこじらせ具合をどうすれば、元の関係に導くことができるのだろうか。

三者三様、思いを巡らせていると、

「「カナデねーちゃん、カナデねーちゃん」」

テレビ前、幼児番組に夢中になっていたはずの双子が、奏のもとへとやって来る。

「ミッちゃんとサッちゃん、どうしたの？」

「「お腹《なか》空いた」」

掛け時計を確認すれば、時刻は18時手前。

「わっ。もうこんな時間か。じゃあ、そろそろ夕飯の支度しようかな」

支度は草次の家でするようだ。エプロンを締め直した奏が立ち上がれば、双子たちも左右にぴっとり寄り添う。

「2人とも今日はありがとね」と言われてしまえば、それはお開きの合図。

※　※　※

薄《うっす》らと暗くなり始める帰り道。

夏彦の手を握り締めている末仔が、小さく呟《つぶや》く。

「私ね。ちょっとだけ安心しちゃった」

その発言は不謹慎なのかもしれない。

それでも夏彦は頷《うなず》いてしまう。

「うん。正直に言えば、俺もホッとしてる」

「奏さんと伊豆見先輩、『もう別れちゃうかも……？』って心配になるくらいの雰囲気だったもんね」

「そうそう！　もっと絶望的な事態も覚悟してたからさ。琥珀のいうとおり、情報収集しに来て本当に良かったよ」

2人して見つめ合えば、「「だよね」」とクスクス笑い合う。

一縷《いちる》の望みかもしれないし、放置していれば自然消滅してしまう可能性だってある。

当然、笑ってばかりいられないことくらい分かっている。

未仔は遠い空に浮かんでいる一番星を眺める。

「お互いにとって大切な人だからこそ、悪い結果ばかり考えちゃうんだよね」

夏彦とすれ違ってしまった先日を思い出しているのだろうか？

きっと頭にはよぎっただろう。けれど、未仔の幼気《いたいけ》な瞳、儚《はかな》げになっていく表情は、もっともっと昔のことを思い出しているように夏彦は感じた。

確信を持ってしまう。

「……俺と会わなくなった期間のことを思い出してるの？」

案の定、正解だったようで、未仔は控えめに頷く。

会わなくなった期間。すなわち、未仔に告白される前までのこと。

付き合いたての頃、思い出の公園でも、未仔は当時の心境を吐露してくれた。

『中学時代、夏彦と疎遠になってしまい、ずっと寂しかった』と。

大好きな夏彦に会いたいし、昔のようにお喋《しゃべ》りしたい。沢山ドキドキしたい。

しかし、恋い焦がれれば恋い焦がれるほど、臆病になってしまう。

『私のことなんか忘れてしまっているかも……？』と、良からぬ不安を抱いてしまう。

「不思議だよね」と未仔は苦笑う。

「考えれば考えるほど、悪い方向に物事を考えちゃうんだもん」

「よく分かる。やっぱり、期待を裏切られるのって誰でも怖いよ」

お人好《ひとよ》しな夏彦、感受性豊かな未仔だからこそ、沢山の予防線を張ってきたのだろう。

とはいえ、それは昔の話。

「今はね？　勇気を持って一歩踏み出せて、本当に良かったって心から思ってるの」

大好きな彼氏に大好きなんだと告げれば、未仔は夏彦の手を、一層大切に、一層愛《いと》おしそうに握り締める。

その温かさが心地よく、夏彦も朗らかな笑顔になってしまう。元気が溢《あふ》れ返ってしまう。

「うん！　俺、未仔ちゃんのおかげで、本当に毎日が充実してるんだ！」

「えへへ……。私もです♪」

もう我慢できない、恋人握りだけでは物足りないと、未仔が愛する彼氏を横から抱きしめる。どうしようもないくらいの甘えん坊っぷり。

夏彦も負けてはいられぬと、未仔の頭を撫《な》でたり、小柄な身体を尚《なお》も手繰り寄せたり。

公園前の通り。井戸端会議する主婦たちの微笑ましい視線、部活帰りの中学生の熱視線などお構いなし。琥珀へ宣言したＴＰＯを弁《わきま》えている発言はどこへやら。

仕方がない。今は未仔がどうしようもなく可愛《かわい》くて、衝動が抑えられないときだから。

勿論《もちろん》、ただただ幸せを噛《か》みしめているわけではない。

目一杯の愛情を確かめ合えば、夏彦と未仔の決意が強固なものに。

「やっぱりさ、好きな者同士がギクシャクしたままなのって良くないよね」

「うんっ。余計なお世話かもしれないけど、私とナツ君にとっても大切な人たちだもん。絶対仲直りさせようね！」

しっかりと見つめ合い、しっかりと頷く夏彦と未仔。

善は急げ。二人は作戦会議をすべく、馴染《なじ》みのカフェ目指して元来た道を戻っていく。

※　※　※

作戦決行日である休日を迎える。

機が熟すまでのウォーミングアップといったところか。夏彦は草次とゲーム対決を繰り広げていた。クーラーがガンガンに効いた琥珀宅にて。ゲームソフトは、最大8人まで遊べる大人気大乱闘ゲーム。

今現在は1対1、男と男のタイマン勝負中である。

夏彦操る赤帽子のオッサンが両手のひらから炎を捻出。草次操るイケメン剣士目掛け、火球の雨をこれでもかと降り注がせ続ける。

草次は勇猛果敢にも降り注ぐ火球をかいくぐる。1つ、2つ、3つ……、多少のダメージは止《や》むを得《え》ずと突き進み、ついには攻撃の届く範囲にまで到達。鞘《さや》に収めていた剣を一気に引き抜く。

「ぐっ……!」と低く唸《うな》る夏彦は、鈍色《にびいろ》の輝きを放つ刃を既《すんで》のところで緊急回避。体力ゲージは限界値を超えているだけに、一撃でも良いのをもらってしまえば即死は免れない。

夏彦の思い浮かぶ選択肢は……、

一旦距離を取って、遠距離攻撃でダメージを稼いでいく?

タイムアップまで持ち込み、サドンデスで決着をつける？

（否！）

殴り合い上等。ここで逃げては男が廃ると、その場で応戦することを決意。

「くたばれ草次ぃぃぃぃ！」

オッサン渾身《こんしん》のアッパーカットが、イケメンの顎へと叩《たた》きつけられる。

はずだった。

「しまっ……！」

攻撃がヒットしたのは、イケメン剣士の『残像』。

オッサンが天高く空振りした拳の下、身を低く構えたイケメン『本体』が、溜《た》め込んでいた力を解放。

まさに一刀両断。肉眼では捉えられない剣撃が、オッサンの身体を場外ホームランの如く、遥《はる》か彼方《かなた》の流れ星に。

テレビ画面には『ＧＡＭＥ ＳＥＴ』の文字。

勝者が草次なのは言うまでもなく。

「……。なぁ草次」

「ん？」

リザルト画面に悲しげな視線を送りつつ、夏彦は尋ねずにはいられない。

「本当にスマブラ初心者……？」

「まぁそうだな。前作はやってたけど、このシリーズは今日が初めてだな」

（俺、発売当日からやってんだけど……）

肩を落とす夏彦の肩に、ポン、と手が置かれる。

振り返れば、２人の対戦を見守っていた琥珀が優しく微笑んでいる。

「ええやないのナツ」

「琥珀……」

「変わらんよ。今更、劣るものが１つ２つ増えたくらい」

「慰めろチクショ――――！」

「プッ――――――――！」

優しく微笑んでいたのではなく、爆笑を必死に堪えていただけ。

草次のセンスが卓越しているのか。夏彦の才能が平凡なのか。

前者でもあり、後者でもあるところが悲しい話である。

「どないする？　今度はウチにボコられる？」

「やかましい！　一矢報いてやる！」

失うものなど何もないと、夏彦は今一度コントローラーを握り締めようとする。

のだが、

「ん？」

ポケットの中のスマホから着信音が。

画面を確認すれば、夏彦の表情から怒りや悲しみなど簡単に吹き飛ぶ。

メッセージ主は未仔。

すなわち、機は熟したことを意味する。

さすがは悪友《こはく》。夏彦の表情の変化を察知し、大きく背伸びしつつゆっくりと立ち上がる。

「じゃあウチ着替えてくるわ。ナッツと草次は適当に片づけといてー」

琥珀はクローゼットからTシャツやらショートパンツやらを引っ張り出すと、そのまま洗面台へと入っていく。

夏彦は夏彦で、命令どおりゲーム機器を棚に戻したり、テーブル上の飲みかけのジュースを冷蔵庫にしまったり。

そんな家政婦じみた夏彦を眺める草次は、腑《ふ》に落ちない様子で首を傾《かし》げている。

それもそのはず。

「？　今からどこ行くんだ？」

草次には何も教えていないから。

※　※　※

市街地から少し離れた港町こそ、夏彦たちの目的地。

観光地であり、デートの定番スポットでもあるこの場所は、港を周回する遊覧船、海や街を見渡せる展望タワー、大きな観覧車が付属した複合ショッピングセンターなど。日没になれば多くのイルミネーションが幻想的な世界へと導いてくれる。

そんな夜景の名所が、本日はより一層の賑《にぎ》わいを見せていた。

18時手前の現在、見渡す限り人・人・人。

波止場や大広場、隣接する緑地公園などには多くの屋台やキッチンカーが立ち並び、特設ステージにはアーティストやパフォーマー、交通整理された大通りにはマーチングバンドやブラスバンドなどのパレードが賑わいを見せている。

そう。本日は夏彦が待ちに待った、みなと祭りの日。

駅から会場目指して歩く道中、すっかり祭りのことを忘れていた草次が、夏彦と琥珀に尋ねる。

「何で俺に黙ってたんだ？」

「だってさ。普通に『祭り行こう』って誘っても、人混み嫌いな草次は来ないでしょ」

「せや。人嫌いな草次のことやから、『俺パス』って断るの見え見えやもん」

「……まぁ、否定はできねーか」

　行動パターンを読まれ、草次は溜《た》め息づくことしかできず。

「ナツくーん！」

　波止場前のモニュメントへと到着したと同時。聞き馴染みのある愛嬌《あいきょう》たっぷりな声が、夏彦に呼び掛ける。

　最愛の彼女、未仔だ。

「お待たせ、未仔ちゃ——、!!!」

　未仔が視界に入った瞬間、夏彦は思わず言葉を失ってしまう、目を見開いてしまう。

「えへへ……。おめかししちゃいました♪」

（か、かわええ……！）

　ＴＨＥ・浴衣姿。

　空色ベースの生地に色彩鮮やかな花々が咲き誇り、未仔という一輪の花をこれでもかと引き立たせる。

　まさに和洋折衷。腰に巻かれた帯は大きなリボンのようにも見え、日本と西洋の文化が見事に溶け込んでいる。浴衣のはずがドレスやワンピースのような華やかさすら感じる。

普段はあどけない彼女が、大人っぽかったり、色っぽかったり。

夏彦が見惚《みと》れてしまうのは至極当然の理。

「夏祭り、最高です……！」

「もう最高になっちゃったの？」と未仔にクスクス笑われてしまえば、夏彦の最高値はさらに更新。脳内が祭りでワッショイ。

普段の琥珀なら、容赦ないツッコミをお祭り男に食らわしていたに違いない。

しかし、今は夏彦に構っている場合ではないようで、

「「コハク♪　コハク♪」」

「おーおー。相変わらず元気いっぱいやねー」

親戚のおっさんチックに琥珀がしゃがみ込めば、瓜二《うりふた》つなキッズ、ミッちゃん&サッちゃんが琥珀の周囲をグルグルと全力でお出迎え。

「あ……？　何でミキとサキが——」、

状況を飲み込めていない草次だったが、さらに状況が理解できなくなる。

「そ、そーちゃん？」

奏に声を掛けられたから。

彼女もまた浴衣姿で、雪輪模様の和柄があしらわれた涼しくも清楚《せいそ》なコーデ。高く結ばれた髪、ワンポイントの簪《かんざし》などが一層に夜を映し、『大和撫子《なでしこ》』という表現がとてもしっくりくる。

草次同様、「どうして、そーちゃんが……」と、奏も目の前に彼氏が現れたことを理解できず立ち尽くしてしまう。

見つめ合う2人に、夏彦は意を決して告げる。

「俺と未仔ちゃんが仕向けたんだ」

予《あらかじ》め一緒に夏祭りを回ろうなどと言おうものなら、両方に断られるのは目に見えている。だからこそ、草次と奏には互いの存在は伏せて、この場に居合わせるように計画した。

「こっちが黙ってた本当の理由か……」

夏彦たちの勝手な行動に腹を立てているというよりは、身の置き所がないといった様子。

奏を見つめる草次の視線には困惑の色が宿っており、まともに顔を合わせるのは本当に久しぶりのようだ。

当然、奏にも同じことが言えるからこそ、

「……」

「……」

ただただ気まずげに互いを見つめ合って膠着《こうちゃく》状態。

ついには、我慢の限界?

「……俺、帰るわ」「か、帰ります!」

感情の整理ができていない2人は、案の定、その場から離れようと足を動かす。

「帰らせない!」「帰っちゃダメです!」

「「!?」」

夏彦は草次、未仔は奏の腕を摑《つか》む。絶対に放すものかと両手でガッチリと。

プールでの一件では、何も言えなかった。何もできなかった。ただただ状況に流され、頭の中が真っ白になってしまった。

しかし、今は違う。頼もしい味方《こいびと》がいる。

最愛の人と一緒だからこそ、夏彦と未仔は勇気を持って行動することができる。

「さーて。ウチらは先、夏祭り楽しんどこか」

『恋人同士の問題は恋人に任せた』と言わんばかり。双子をひょいと回収した琥珀が、ゆっくり立ち上がる。

大体の流れは夏彦から事前に聞いているし、そもそも聞かなくても自分の役割を悪友は理解している。

「ミキとサキは美味《うま》いもん食いたい？　ゲームして遊びたい？」

「「どっちも！」」

「ははは！　素直でよろしい！」

大きく笑う琥珀は、「てなわけやから、また連絡よろしくー」と夏彦たちに別れを告げ、キャッキャッはしゃぐ双子を両手に、屋台が立ち並ぶゾーンへと向かっていく。

琥珀の背中は、楽天家すぎるといえば、すぎるのだろう。

けれど、無関心や無責任というわけでは決してない。

信用しているのだ。親友のことを。

琥珀や双子たちの姿が見えなくなれば、それは決戦の合図。

「な、夏彦……？」「未仔ちゃん!?」

草次と奏の腕を掴んだまま、一歩、二歩と夏彦と未仔が距離を縮め合う。

一歩近づく度に、夏彦の心臓の鼓動が高まっていき、未仔の体温が熱っぽくなっていく。

余計な世話を焼いているのでは？　と心配にもなる。

実際焼いているのだろう。草次には余計なことは言うなと釘《くぎ》を刺されているし、奏だって愚痴は吐いたが相談を持ち掛けてきたことは一度も無い。

お節介この上ないし、不安や緊張で押し潰されそうになる。

それでも夏彦と未仔は負けじと歩き続ける。諦めようとはしない。

ついには、彼氏と彼女の距離が目と鼻の先まで。

そして、

「「おっぱい！」」


「は？」「えっ」

「おっぱい揉《も》みたいって夕焼けの高台で叫んだんだ！」

「おっぱい揉ませたら、私と付き合ってくれますか？　って告白したんです！」

「「…………」」

不意どころか異次元からの一撃に、草次と奏も口を開けて思考停止。

通行人や待ち合わせしている人々でさえ、まさかの『おっぱい』ワードに二度見してくる始末。モニュメント周りの時間が止まってしまったかのような感覚さえ味わえる。

傍《はた》から見れば、「バカップル、ついに壊れた……？」と心配になってしまう。

それでも、本人たちは至って大真面目である。

「俺さ。未仔ちゃんと恋人になる直前に、『このままだと一生童貞』って琥珀にからかわれたんだ」

語りたいかでいえば、死ぬほど語りたくない。

それでも夏彦は言葉を続ける。

「悔しかったし、恥ずかしかった。けどさ。それ以上に、『本当にその通りだな……』って納得しちゃう自分が情けなかったんだ」

平々凡々、流されるままに生きてきた。

流され続ければ、「いつか自分にも恋人が流れてくるかもしれない」と甘い考えを抱き続けてきた。

そんなショートケーキにも勝る甘ったるい思考を、琥珀の宇治抹茶１００％な言葉によって、現実を一気に突き付けられてしまう。人生はそんなに甘くないことに気付かされてしまう。

「そのときは何も言い返せなくて、逃げるようにただただガムシャラに走って、気付いたら高台にいたんだ」

話の流れ的に理解しているものの、草次は尋ねずにはいられない。

「……その場所で、お前は揉みたいって叫んだのか？」

「うん！　思いっきり叫んだ！」

「あ、」

「あ？」

「あほだ……」

「〜〜っ！　おっしゃる通りだよチクショウ！」

夏彦だけでなく、未仔も顔を真っ赤に。

当然である。ド阿呆《あほう》な叫びに引きずられて、ド阿呆な告白をしてしまったのだから。

ここで引き下がれば、ただのバカップルの昔話で終わってしまう。

終わらせるわけがない。

「琥珀だけが原因じゃないぞ！」

「？？？　他にも、原因があるのか？」

「ある！」と大きく頷《うなず》いた夏彦は、勢いそのままに指差す。

「草次！　お前が原因でもある！」

「……は？」

唖然《あぜん》とする草次を横目に、未仔の口からも追撃が放たれる。

「奏先輩にも原因がありますっ」

「わ、私も⁉」

全く心当たりがない2人は、自《おの》ずと共同戦線を張ってしまう。

「一生童貞なんて言った覚えはないぞ。……まぁ、夏彦をからかうことが多いのは認めるけど」

「私だって未仔ちゃんにそんな酷《ひど》いこと言わないよ！　……もしかして、知らない間に傷付けちゃったのかな……？」

事実無根を主張したい草次と奏なものの、いかんせん過去の話。断言したいが、どうしても自信が持てない。

そんな2人の視線に答えるべく、夏彦と未仔は一斉に口を開く。

「羨ましかったんだ」「羨ましかったんです」

「「羨ましい……？」」

原因＝悪いというわけではない。

キッカケ。

その言葉が一番相応《ふさわ》しいのだろう。

「だってさ。放課後にコンビニ前でたむろしてると、綺麗《きれい》な彼女が毎回迎えに来てくれるんだぞ？　そんなシチュエーション、男子高校生なら羨ましいと思うし、憧れるに決まってるじゃないか」

未仔は続く。

「中学時代、部活でお料理しながら、彼氏さんの素敵なところやダメなところを笑顔で教えてくれるんですよ？　そんな話聞いちゃったら、私にも一緒に過ごせる彼氏ができたらなって思っちゃいます」

カッコイイ友達。

尊敬する先輩。

慕い続ける存在だからこそ、より一層、恋人という存在にも憧れを抱いてしまう。

今現在は、『憧れ』よりも『憤り』が勝っているのだろう。

「だから、納得がいかないんだよ！」

「そうです！　私たち納得できません！」

「「!?」」

『不満アリ！』な夏彦と未仔の威圧に、二人は肩を跳ね上がらせる。

「俺と未仔ちゃんの理想のカップルが、いつまで喧嘩《けんか》してんだよ！　何で素直にならないんだよ！」

夏彦は知っている。彼女を喜ばせようと、こっそりバイトしてまで誕生日のプレゼントを買おうとしていた草次の姿を。

「恋人同士なら安心させてあげればいいじゃないですか！　好きなら好きって伝えればいいじゃないですか！」

未仔は知っている。彼氏が褒められると、まるで自分が褒められたかのように顔を綻ばせる奏の姿を。

夏彦と未仔は知っているのだ。この2人は素直になれないだけで、自分たちと同じくらい恋人のことを大切に思っていることを。

気付けば、あれほど距離を離そうとしていた草次と奏の足は止まっている。見つめ合うとまではいかないが、視線は行ったり来たりと相手の様子を窺《うかが》い続けている。

今まさに、なんて声を掛ければいいかを悩んでいるのだろう。

悩む2人の傍ら、夏彦と未仔が意思疎通を図る。

活気づいた祭りの夜は、夏彦の気力に満ち溢《あふ》れた表情、未仔の凛《りん》とした双眸《そうぼう》を照らすには十分すぎる。

何よりも、自分たちを後押しするには十二分すぎる。

決意を確認し合えば、互いの身体は自然と動き出す。

二人の間隔が、触れ合えそうな距離から触れ合える距離へ。

草次と奏の視線などお構いなし。夏彦が彼女の華奢《きやしや》な肩へ手を優しく添える。

周囲の視線などお構いなし。未仔が彼氏の身長に合わせようとゆっくり爪先立つ。

そして、唇を重ね合う。

視線どころじゃない。周囲のざわつきが一斉に夏彦と未仔に突き刺さる。

突き刺されば突き刺さるほど、合わせた唇から相手の緊張が伝わって来るし、手繰り寄せ合う身体の体温が燃え上がるように高まっていく。2つの心臓が、ドクン、ドクン、と激しく脈を打ち続けてしまう。

それでも2人は抱擁を止めないし、唇同士を離そうとはしない。

見せびらかしているようにギャラリーには見えるかもしれない。

だが、それでも構わない。

草次と奏に伝えたい。愛情の伝え方は言葉だけじゃない、キスやハグなどのスキンシップ、温《ぬく》もりを共有するだけでも恋人を安心させることができるのだと。

『バカップル上等、バカップルで何が悪い』と、これでもかと二人だけの世界を見せびらかし続ける。

呼吸するのを忘れるほど長いキスを終え、二人だけの世界から夏彦と未仔が戻ってくる。

ノリと勢いは大事だが、飛び込んだ後のこともしっかり考えておくべき。

「〜〜〜っ……！」

「み、未仔ちゃん!?」

恥ずかしがり屋の未仔は、羞恥メーターが振り切ってしまう。

『もうお嫁に行けない』というより、『もう嫁がせてください』状態。夏彦の胸に顔を押し付け、放熱モードに。

「よく頑張ったね」と労《ねぎら》いの言葉を掛けてあげたい。

しかし、今すべき最優先事項は、彼女を安心させることではない。喧嘩《けんか》中のカップルを修復させること。

自分たちができることは全てやった。

あとは、二人の気持ち次第。

ギャラリーたちの視線から庇《かば》うように未仔を抱きしめつつ、夏彦は声高々に思いの丈をぶつける。

「さあ！　草次と奏さんも仲直りのキスを――」、

「できるわけねーだろ!?」「絶対できませんっ！」

「…………」

草次と奏の見事なWツッコミが炸裂《さくれつ》。

夏彦の感想。

（やっぱり……？）

ウチはウチ、ヨソはヨソ。

バカップルの行動は、バカップルにしかできない芸当なわけで。

夏彦と未仔、サンドバッグ。

「俺らのためとはいえ、よくもまぁ、こんな大勢の人前で大それたことできるよな……。相変わらず羞恥心が薄いというか無いというか……」

「本当だよ！　恋人同士がキスしてるの初めて見ちゃったけど、〜〜っ！　自分がしてるみたいに恥ずかしくなっちゃう……！」

「ははは――、」「えへへ……」

「笑いごとじゃねーから」「笑いごとじゃありませんっ！」

「「……すいません」」

いつぞやのお叱りは草次だけだったが、今回は奏も加わりダメージ2倍。

不幸中の幸いは、未仔が隣にいてくれることくらいか。

イチャイチャ作戦は失敗？

公衆の面前でキス損？　恥のかき損？

そんなことは決してない。

踏ん切りがついたのか、憑《つ》き物《もの》が落ちたのか。草次は背負っていたボディバッグを正面へと回すと、中から『とあるもの』を取り出す。

それはギフト用の封筒。

草次はぶっきらぼうにも、その封筒を奏へと押し付ける。

「黙ってて悪かったな。ここ最近、誕生日プレゼント買うためにバイトしてたんだよ」

キョトンとする奏が、封筒の中身を確認してみる。

「！　これって――」

確認してしまえば、感情は『疑問』ではなく『驚き』へ早変わり。

映画鑑賞券、遊園地の1DAYチケット、水族館や岩盤浴のフリーパスなど。

多くのチケットが封筒の中に入っており、バリエーションもさることながら、一番驚くべきところは全て2枚ずつ入っていること。

「そーちゃん、チケットが2人分入ってるのって……」

「そりゃ、俺とお前の分だろ」

「沢山チケットが入ってるってことは、沢山デートしてくれるってこと？」

「――、まぁなんだ。最近デートしてなかったから、埋め合わせも兼ねて、ってとこだな……」

草次の言葉が柄にも無いからか。はたまた、照れ気味でぎこちないからか。

「………フフッ！」

受け取った封筒を口元に当て、奏がクスクスと肩を揺らし始める。

「気に入らなかったか？」

不器用な男故、自分のプレゼントに絶対の自信を持てない草次は心配になる。

けれど、そんな心配は無駄でしかない。

奏は安堵《あんど》しきった、目一杯の笑顔で言うのだ。

「そんなわけないでしょ。だって、私はそーちゃんの彼女なんだもん」

「っ！　……そうか」

「うん♪」

照れを必死に隠す草次、喜びを前面に押し出す奏。

2人の関係が元の仲良しカップルに戻った瞬間なのは言うまでもない。

愛《いと》おしそうにチケットを抱きしめていた奏は、物足りなくなってしまったのか。

「ごめんね。私、前言撤回します」

「ん？　何を前言撤回——、」

「そーちゃん、ぎゅううううう〜〜♪」

「奏!?」

草次が動揺するのも無理はない。

周囲の色めきなど物ともせず。この止めどない感情を抑えることなどできないと、奏が力いっぱい熱い抱擁を交わしてきたから。

すっかり甘えん坊モードとなった奏に、クールな草次もさすがに顔が赤い。

「さっき、恥ずかしいって言ったばかりじゃねーか」

「すっごく恥ずかしいよ？　けど、そーちゃんに抱き着きたい欲が勝っちゃったから♪」

「大層な欲だな……」

「それにね」

「それに？」

首を傾《かし》げる草次だが、奏が向く先を見れば「ああ」と直《す》ぐに理解してしまう。

「私たちのために頑張ってくれた子たちがいるんだもん。ちょっとは見習ってイチャイチャしないとって思っちゃうよ」

視線の先にいるのは、当然、夏彦と未仔。

憧れの二人を仲直りさせることに成功し、夏彦と未仔は充足感たっぷりの笑顔で見守り続けていた。

必要以上に温かく見守り続けていたからか。あまりにもニコニコと上機嫌になりすぎたからか。草次にジト目を向けられてしまう。

「てか、何でお前らがそんなに嬉《うれ》しそうなんだよ……」

「いやいや！　そりゃ嬉しいに決まってるって！　俺と未仔ちゃんのことを注意できないくらい二人ともアツアツなんだからさ」

「私もそう思いますっ。やっぱり好きな人を前にしちゃうと、いっぱい甘えたくなっちゃいますよね♪」

草次は、ハッとする。

「「ねー♪」」と、目の前でベタベタイチャつくカップルと、現状の自分たちが余りにも瓜《うり》二《ふた》つなことに気付いてしまったのだ。

人の振り見て我が振り直せ。

バカップルも御多分に漏れず。

この場に留《とど》まっていても良いことは何一つないと判断したのだろう。

「〜〜〜っ！　ほら、さっさと夏祭り行くぞ」

クールなフリをする草次が、夏祭りの会場目指してスタスタと歩き始めてしまう。

恥ずかしがりつつ、奏の手はしっかり放さないままに。

そんな夏祭りに映える微笑《ほほえ》ましい光景を見てしまえば、より一層、夏彦と未仔は笑い合ってしまう。

「未仔ちゃん、俺たちも行こっか！」

「うんっ♪」

夏彦と未仔も、軽やかな足取りで歩き出す。

勿論《もちろん》、二人に負けじと恋人繋《つな》ぎをしたまま。

エピローグ：仕事終わりのおっぱい

Wデートを満喫した後は、琥珀《こはく》や双子たちと合流して夏祭りを謳歌《おうか》する。

B級グルメや世界各国のスイーツを堪能したり、テレビでも活躍する物理教授のサイエンスマジックショーに心動かされたり、何が貰《もら》えるかも分からないままスタンプラリー巡りに勤《いそ》しんだり、他メンバーも奏《かなで》への誕生日プレゼントをサプライズで渡したり。

夏祭りのグランドフィナーレを飾るのは、やはり大定番である花火。

まさに圧巻の一言。６５００発以上の花火が夜空に咲き誇り、海面というキャンバスに幾度となく満開の花びらが描き続けられた。

祭りに参加した人々だけでなく、夜空を見上げる多くの人々とも夏の思い出を共有できたに違いない。

夏祭りは終わりを迎えてしまうが、最高の一日はまだまだ続く。

「わ〜……！　すっごく綺麗《きれい》だね♪」

（君の笑顔のほうが、めちゃんこ綺麗です……！）

今現在、夏彦《なつひこ》と未仔《みこ》は会場近くのデートスポット、複合ショッピングセンターにある観覧車に乗車していた。

夏彦と未仔は二人っきりで、他メンバーとは既に解散済み。

「ミキとサキがウトウトし始めたから、悪いけど俺らは帰るわ」

はしゃぎ疲れた双子を草次《そうじ》と奏がおぶれば、

「あかん……。ウチも限界……」

琥珀も琥珀で夜更かしゲーム三昧が祟《たた》り、一緒になって帰ってしまったのだ。

仲間でワイワイ盛り上がるのは、当たり前に楽しい。

とはいえ、恋人同士で過ごす時間も、それはそれで格別なわけで。

正面に座る未仔は、心からはしゃいでいるのだろう。徐々に高くなっていくゴンドラにも物怖《ものお》じせず、興味津々に光り輝く夜の街を見下ろし続ける。

色彩鮮やかなイルミネーションたちが、未仔の愛嬌《あいきょう》たっぷりな大きな瞳に映り込み続けたり、浴衣姿をさらに可憐《かれん》なものへ昇華させたり。夏彦の鼓動は忙《せわ》しなく高鳴りっぱなし。

普段以上に可愛《かわい》さに拍車を掛ける彼女が、彼氏へと目一杯の笑顔を向ける。

「奏先輩と伊豆見《いずみ》先輩、仲直りできて本当に良かったよね」

「うん、本当に良かった。奏先輩、俺たちからのプレゼントも喜んで受け取ってくれてたし、大成功って言っていいんじゃないかな」

　未仔の喜ぶ顔を見てしまえば、夏彦の表情もさらに嬉々《きき》としてしまう。

「というかさ。俺と未仔ちゃんがあんなに一肌も二肌も脱いだんだから、素直になってもらわないと困っちゃうレベルだよ」

「確かに困っちゃうかも」と、未仔は唇へと指を押し当ててクスクス笑う。

　桜色に潤んだ唇に注目してしまうのは、彼氏として仕方がないことなのだろう。

　少し前の『大それた行動』を思い出し、夏彦は照れ笑いしてしまう。

「さすがに大勢の前でのキスは、やりすぎだったかもしれないけど」

「そんなことないよ」

「そ、そう？」

「うんっ」と未仔は大きく頷《うなず》く。

「だってね？　あの場面で私とナツ君がハグするだけだったら、そこまでのインパクトは無いんだもん」

「あー……」

　夏彦は納得してしまう。

　草次たちの前であろうと、かなりの頻度で自分たちがイチャイチャ＆ラブラブしていることに、ようやく気が付いたようだ。

「あはは……。今回がやりすぎなんじゃなくて、普段のスキンシップがやりすぎなのか……」

「普段のスキンシップ、これからは控えめになっちゃうの？」

「えっ！　お、俺的には現状のままが良いです……！」

「えへへ。私も〜♪」

　イタズラな問いから一変。『現状どころか、もっとスキンシップしたいです！』と言わんばかり。正面にいた未仔が、夏彦の隣へとぴっとり寄り添ってくる。

　至近距離にある未仔の瞳に吸い込まれそうになる。

　実際、夏彦は吸い込まれているのだろう。

　その証拠に、ごくごく自然に口付けを交わし合ってしまう。

　甘い甘いキス。食後のデザートに食べていたリンゴ飴《あめ》が原因か。蜜っぽい味わいや、華やかな香りに体中が満たされていく。

　二人っきりの空間ともなれば、甘えん坊な未仔の本領発揮。先程は唇を押し付けることが精一杯だったが、今現在は小柄な身体を一生懸命動かして彼氏に尽くし続ける。

無我夢中でキスし続けていた二人は、唇を離した瞬間、呼吸を１つ２つと繰り返す。

ちょっと激しすぎ？

決して、そんなことはない。互いの表情が一層柔和なものになっているのだから。

「未仔ちゃん、ありがとね」

「？」

「俺さ。他人に合わせることが正解だと思って、ずっと生きてきたんだ」

波風を立てない。

平々凡々、平穏無事をモットーとする夏彦にとって、アイデンティティと言ってもいいくらい、頑《かたく》なに守り続けてきた掟《おきて》だった。

「けど、合わせることだけが正解じゃないって、未仔ちゃんのおかげで気付けたんだ」

「私の、おかげ？」

「うん！　未仔ちゃんは俺に合わせてくれるだけじゃなくて、俺たちにとっての最善をいつも考えてくれるからさ！」

夏彦が晴れやかに答えれば、未仔の心臓は高鳴ってしまう。

これでもかと尽くしてくれたり、危険を顧みず守ってくれたり、正しい方向へと引っ張ってくれたり、一緒になって頭を悩ませてくれたり。

相手を気遣ったり、空気を読むことばかりが正解じゃない。本音と本音で向き合い、さらけ出すくらい素直になることこそが、人間関係において大切なことなんだと教わった。

恋人関係だけでなく、友人関係にも同じことが言えることにも気付かされた。

だからこそ、拒まれたり突き放されることを恐れず、友の為《ため》を思って行動することができた。

「今回の一件だけじゃなくて、俺が変われてることも含めてのありがとう、……って感じです」

改めて感謝の言葉を口にし、夏彦は無性に右頬《ほお》がかゆくなる。

右頬に人差指が触れたタイミングだった。

「⁉ み、みみみ未仔ちゃん⁉」

かゆみなど秒で吹き飛んでしまう。

それもそのはず、未仔が帯を緩め始めたから。

帯紐《ひも》がはらりと重力に負ければ、同時に浴衣もはだける。

まさに釘付《くぎづ》け。

うっすら外から差し込む街の光が、薄手のキャミソールから零《こぼ》れ落ちんばかりに目一杯膨らんだ胸や、ほっそりした引き締まったウエストをより立体的に、より扇情的に見せびらかす。

「えいっ」

「!?」

追い打ち。理解不能状態な夏彦を、未仔が大胆にも抱きしめる。

ただの抱擁ではない。夏彦の顔面が、これでもかというくらい未仔の豊満でマシュマロなおっぱいへと、ずっぽし埋まる埋まる。薄手のキャミソールなだけに、もう殆《ほとん》ど一体化している。

(この行為はもしや……？　いやいやいや！)

夏彦はちょっとしたデジャブを感じるが、そんなことはあるはずがないと、一瞬よぎった妄想を閉じ込めようとした。

けれど、

「男らしくなったナツ君に、ご褒美をプレゼントするね……？」

「ご、ご褒美？　それって――、」

言うが早いか。

「ぱふぱふ、ぱふぱふ……」

「！！！？？？」

夏彦、地上から天国へと一っ飛び。

未仔が自身の実りに実った果実を下から持ち上げると、そのまま夏彦が窒息しないよう、幸せになってもらえるよう、ゆっくり丁寧に動かしていく。

男の浪漫《ろまん》、『ぱふぱふ』ここにありけり。

夏彦は完全に思い出す。

『相応《ふさわ》しい男になったときに、ぱふぱふをお願いします！』

以前、琥珀にゲームでボコボコにされた帰り道、未仔と指切りげんまんしたあの日のことを。

成長した自分を称《たた》えるべく、彼女が今まさにご褒美を与えてくれる。

「ぱふぱふ、ぱふぱふ……。元気になーれ、元気になーれ」

「〜〜〜〜っ！」

知らないと言っていた未仔が、どこで覚えたのか、どこでマスターしたのかは分からない。けれど、たゆんたゆんでポヨンポヨンのおっぱいでご奉仕する行為は、紛《まが》うことなき『ぱふぱふ』そのもの。

「ぱふぱふ、ぱふぱふ……。んっ……、ひぅ……！」

「あだｌｓｇｍｌｆらｄｍｓｖ………！」

くすぐったいのだろう。優しくゆっくりと左右の乳を動かす度に、彼女の小柄な身体がビクンッ、ビクンッと悶《もだ》えるように震える。微《かす》かに漏れる吐息が、夏彦の脳や身体をどうしようもなく未仔でいっぱいにさせていく。

観覧車が頂上を通り過ぎる頃、幸せなぱふぱふタイムも終了を迎える。

放心状態の夏彦が、彼女のおっぱいから顔へと注目する。

よほど勇気を振り絞ったのだろう。夏彦の比じゃないくらい未仔のほうが羞恥に燃え上がっている。

浴衣は乱れたまま、呼吸も乱れたまま、未仔は忙しなく三つ編みをいじいじ。

「あ、あのね……？　いつでもご褒美あげられるようにって、ぱふぱふのことを調べて練習をしてたの」

「そ、そうだったのか……」

「ごめんね。初めてだから上手にすることができなくて」

「!?　と、とととととんでもない！　未仔ちゃんの初めてを貰《もら》えたんだから、彼氏の俺としては最高でしたの一言だよ！」

「最高、だったの……？」

「勿論《もちろん》！　ご馳走様《ちそうさま》でしたって感じです！」

「う、ううん！　こちらこそ、お粗末様でしたっ！」

ぱふぱふされた側、ぱふぱふした側。互いに顔を真っ赤にして感謝の気持ちを表し合う。

そして、しばらく見つめ合えば、

「あははっ！」「ふふっ♪」

恥ずかしい。

それ以上に、愛《いと》おしい。

だからこそ、二人は同時に抱き合ってしまう。

この仲良しカップルが末永くイチャイチャし続けるのは、明々白々である。

あとがき

おざます、凪木《なぎき》です。

1巻だけでなく、2巻まで手に取っていただき、誠にありがとうございます！

感謝の気持ちで、おっぱ――、いっぱいです。

出だしからクソしょーもないギャグを飛ばしてますが、以降もこんな感じです。覚悟ある方だけ、もう少しお付き合いいただければと。

てなわけで、本題へ。


1巻が重版っ！

いやー、ありがたい。どれもこれも読者である皆さん、おっぱいフレンズのおかげ。

日本最高かよ。日本大丈夫かよ。

「タイトルが爆弾過ぎて、書店では手に取ってもらえないかも……？」という懸念を無事打破できて嬉《うれ》しい限りです。

ツイッターでは発売前から大勢の方がフォローしてくれたり、小説家になろうやカクヨムではブックマークだけでなく感想まで書いてくれたり、想《おも》いのたっぷり詰まった手紙を送ってくれる子もいたり。

おっぱい好きに悪い奴《やつ》いねぇ。

改めて、ありがとう！　おっぱいフレンズよ！


　2巻について語っていきます。

「まだ本編読んでないよー」という方は、一旦ココでSTOP。本編へGO。

いかがだったでしょうか。夏を迎え、一層バカップルに拍車をかけるナツミコたちのラブストーリーは。

　1巻とは違った未仔《みこ》の可愛《かわい》さを表現すべく、夏彦《なつひこ》の妄想シーンに力を入れてみました。

ナースやバニーガール姿にさせてみたり、新婚シチュを展開してみたり。

ときに双子にしてみたり、多重影分身させてみたり。

ドラゴンなクエストな妄想話は、1ページ、せいぜい2ページくらいを予定していたのですが、気付いたら15ページくらい書いてました。最高に「ハイ！」ってやつです。

序盤のぱふぱふから、終盤のぱふぱふまでの執念、感じ取っていただけたら大満足。

そして、もう一組のカップル、草次《そうじ》と奏《かなで》にもスポットを当ててみました。

恋人関係であったり、友人関係であったり。職場の先輩後輩であったり、取引先の相手であったり。

付き合いが長くなればなるほど、相手のことを全て知っているような気になって衝突してしまう。なんてことは、あるあるな問題ではないでしょうか。

今回のお話を読んで、『馬鹿正直に伝えることの大切さ』を再認識していただければ、これまた大満足でございます。

琥珀《こはく》みたいにデリカシーが無くてもいいじゃない（笑）。

作者自身、伝えるのが苦手な人間です。

子供の頃は、親や先生なんかに、「お前は何をしたいのか分からない」「もっと自分を出せ」といった言葉をよくかけられていた記憶があります。

高校時代はテニス部だったのですが、テニス部の顧問にもよく怒られていました。

「凪木――！　やる気ないなら帰れ――！」

（えっ。この練習好きだから楽しくやってたのに……）

辛《つら》いことや嫌なことだけでなく、楽しくやっていることさえ伝えられない鬼畜仕様。

めんどくさがりな性格も相まって、改善しないまま生き長らえ続けた結果、残念なアラサーが出来上がってしまいました。

そんな伝えるのが苦手な男が、おっぱいの素晴らしさを説くために筆を執り続ける。

泣けるじゃありませんか。

　悲惨すぎて。

　ブラックコーヒーがいつも以上に苦く感じる今日この頃です。


　ここからは謝辞を。

　担当さん。「妄想シーンを書きすぎです。これ以上の描写は控えてください」と言われたにも拘《かかわ》らず、どさくさに紛れて何シーンも追加してサーセン。今後も精進してまいりますので、ポイしないでください。頑張ります！

　イラストレーターの白《しろ》クマシェイクさん。未仔の水着姿や着物姿などなど……。1巻に引き続き、大変可愛らしい＆エモいイラストをありがとうございます。シースルーで透け透けな水着は、まさに匠《たくみ》の為《な》せる業っ。ごちそうさまです！

　読者ことおっぱいフレンズ。改めて、この本を手に取ってくれてありがとう。健やかなる時も病める時も、ハッピーになれる作品を提供できるよう日々精進していきます。

　二郎系ラーメンの如《ごと》く、糖度マシマシ・いちゃいちゃマシマシ・ＬＯＶＥ度チョモランマを目指していければと！

なろうとカクヨムでも、『おぱもみ』は勿論《もちろん》、別作品もマイペースに投稿しています。おっぱいしか書けないと思ったら大間違いだコノヤロウ。……多分。隙間時間を埋めるには持ってこいだと思いますので、是非是非、カクヨムか小説家になろうで、『凪木エコ』で検索。レッツラ検索。

それでは皆さん、またお会いしましょう！
おっぱい好きに幸あれいっ。

P．S．ぱふぱふこそ至高。

凪木エコ

『おっぱい揉《も》みたい』って叫《さけ》んだら、妹《いもうと》の友達《ともだち》と付《つ》き合《あ》うことになりました。2

著　凪木《なぎき》エコ

角川スニーカー文庫　22654

2021年5月1日　初版発行

発行者　青柳昌行

発　行　株式会社KADOKAWA
〒102-8177 東京都千代田区富士見2-13-3
電話　0570-002-301（ナビダイヤル）

印刷所　株式会社暁印刷
製本所　株式会社ビルディング・ブックセンター

◇◇◇

Printed in Japan　ISBN 978-4-04-111039-3　C0193

★ご意見、ご感想をお送りください★
〒102-8177 東京都千代田区富士見 2-13-3
株式会社KADOKAWA　角川スニーカー文庫編集部気付
「凪木エコ」先生
「白クマシェイク」先生

角川文庫発刊に際して

角川源義

第二次世界大戦の敗北は、軍事力の敗北であった以上に、私たちの若い文化力の敗退であった。私たちの文化が戦争に対して如何に無力であり、単なるあだ花に過ぎなかったかを、私たちは身を以て体験し痛感した。西洋近代文化の摂取にとって、明治以後八十年の歳月は決して短かすぎたとは言えない。にもかかわらず、近代文化の伝統を確立し、自由な批判と柔軟な良識に富む文化層として自らを形成することに私たちは失敗して来た。そしてこれは、各層への文化の普及滲透を任務とする出版人の責任でもあった。

一九四五年以来、私たちは再び振出しに戻り、第一歩から踏み出すことを余儀なくされた。これは大きな不幸ではあるが、反面、これまでの混沌・未熟・歪曲の中にあった我が国の文化に秩序と確たる基礎を齎らすためには絶好の機会でもある。角川書店は、このような祖国の文化的危機にあたり、微力をも顧みず再建の礎石たるべき抱負と決意とをもって出発したが、ここに創立以来の念願を果すべく角川文庫を発刊する。これまで刊行されたあらゆる全集叢書文庫類の長所と短所とを検討し、古今東西の不朽の典籍を、良心的編集のもとに、廉価に、そして書架にふさわしい美本として、多くのひとびとに提供しようとする。しかし私たちは徒らに百科全書的な知識のジレッタントを作ることを目的とせず、あくまで祖国の文化に秩序と再建への道を示し、この文庫を角川書店の栄ある事業として、今後永久に継続発展せしめ、学芸と教養との殿堂として大成せんことを期したい。多くの読書子の愛情ある忠言と支持とによって、この希望と抱負とを完遂せしめられんことを願う。

一九四九年五月三日

時々ボソッと
ロシア語でデレる
隣のアーリャさん
Милашка♥
story by sun sun sun
燦々SUN
illustration by momoco
イラスト ももこ
ただし、彼女は俺が
ロシア語わかる
ことを知らない。
特設
サイトは
こちら!
スニーカー文庫